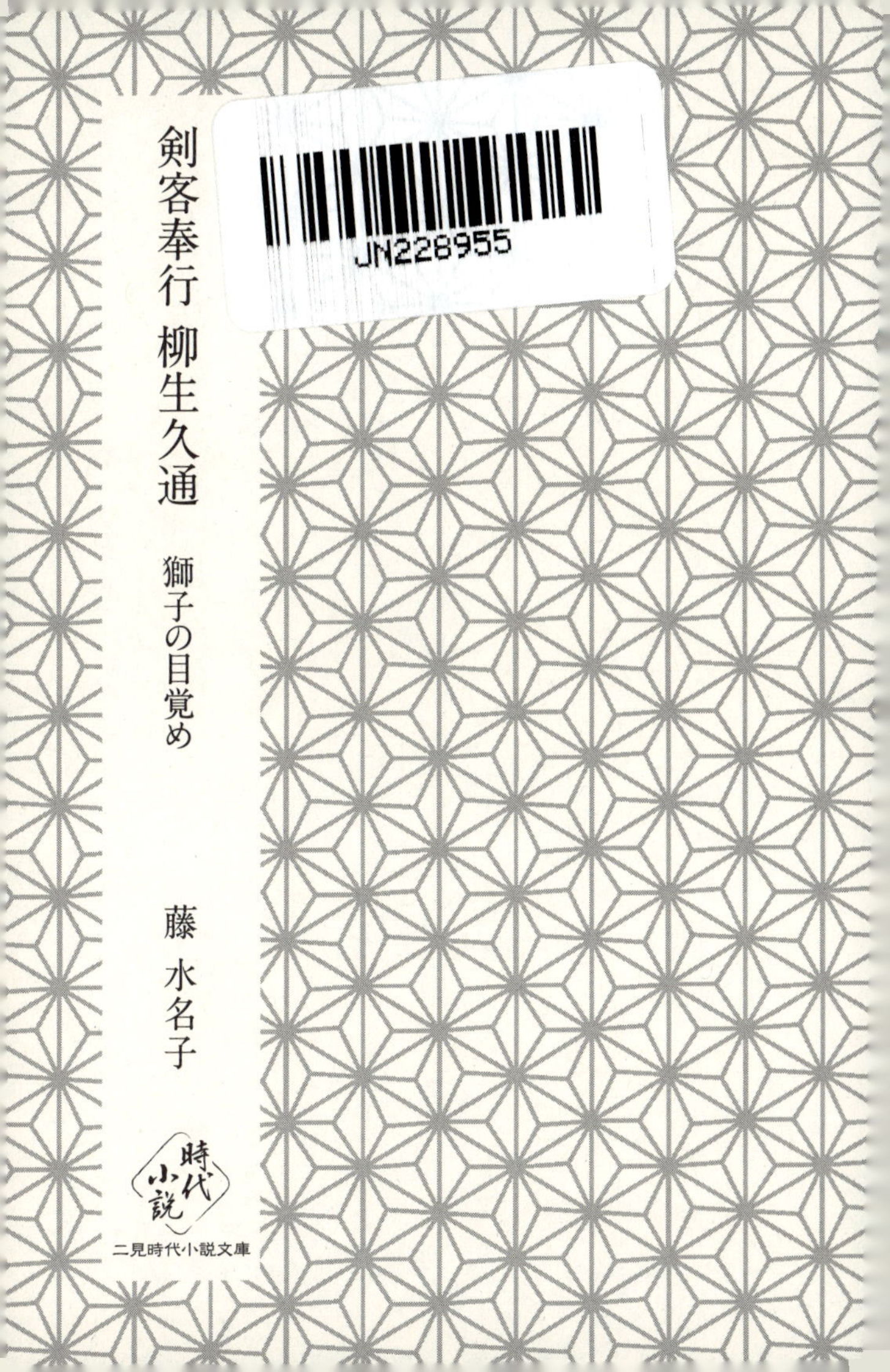
JN228955
剣客奉行 柳生久通
獅子の目覚め
藤 水名子
時代小説
二見時代小説文庫

目次

剣客奉行 柳生久通(ひさみち)――獅子(しし)の目覚め

序

※

「一刀即万刀、万刀即一刀」

開口一番、柳生久通は述べた。

「つまり、すべては一よりはじまり、一に帰すという、一刀流の極意にございます」

久通の言葉に、少年は無言で肯く。

その目は、磨き抜かれた水晶のように輝き、久通の端正な面上に注がれている。呼吸をすることすら忘れたように一途な視線を注ぎ続けているのは、久通の述べる言葉を一言も聞き漏らすまいとするが故だろう。

「切落は、一刀流における初手であり、また奥の手でもあります。切落にはじまり、切落に終わるのです」

「切落とは？」

「実際にご覧に入れましょう」

久通はゆっくりと立ち上がり、手にした木刀をやや高めの正眼（せいがん）に構えた。

「正面から、思いきり打ち込んで来てください」

「え？」

「私を憎い敵と思い、真正面から打ち込んでみてください、若君」

「…………」

少年はしばし戸惑ったが、やがて意を決した表情で木刀をとると、久通と同じく正眼に構えた。

隙のない、見事な構えだった。

既に傅役（もりやく）から、基本の型は学んでいるのだろう。久通が伝授するのは、その基本を実戦に生かす技術である。

「さあ、若君！」

少年の構えに迷いがなく、真っ直ぐな気性が表れていることを内心好もしく思いながら、久通は更に促す。

構えて一瞬間呼吸を整え、しかる後少年は、

「やぁーッ」

気合一閃、久通が指示したとおり、正眼から真っ直ぐに打ち込んだ。

そのとき、久通は少年の打ち込みよりも一瞬早く自ら踏み出した。

踏み出しつつ、木刀を握った手許——もしそれが真剣であれば鎬(しのぎ)に相当するあたりで相手の切っ先をはずす。はずしざま、そのまま真っ直ぐ伸べられた久通の木刀の切っ先が、殆(ほとん)ど呼吸を移すことなく、少年の喉元(のどもと)三寸のところで、ピタリと止まった。

その素早さと無駄のない動きに、少年は思わず息を呑む。

「これが……」

「一刀流の奥義(おうぎ)にございます」

木刀をひき、その場に跪(ひざまず)きながら久通は答えた。

「だが、相手が打ち込んでこぬときはどうするのだ？」

「同じでございます」

「同じ？」

「一刀即万刀、万刀即一刀——ただそれのみ、にございます。若君には、組大刀(くみたち)五十本のうち、ただこの『切落』のみを会得していただきます」

「『切落』のみを？」

「若君は、それがしのように剣のみに生きる者ではございませぬ。それ故、剣のすべてを学ぶ必要はありませぬ。ただ、己が身を護る術だけ身につけていただければ、それでよいのでございます」

応えつつ、久通は、やがて天下の主人となることを定められた少年の顔を恭しくふり仰いだ。

ほんの寸刻前に少年と交わした言葉がふと胸裡に甦り、久通は思わず口許を弛める。思い出すと忽ち可笑しみが湧き、久通はこみあげる笑いを懸命に堪えた。

「一刀流？」

少年は、怪訝そうに小首を傾げながら、久通に問い返した。

「柳生新陰流ではないのか？」

少年は、そのとき目を丸くして久通を見返した。

その真っ直ぐすぎる目に内心困惑しつつも、

「若君が勘違いなされるのも無理はございません。それがし、柳生姓を名乗ってはおりますが、そもそも将軍家御指南役であられた柳生様の御身内ではございませぬ」

久通は正直に告げた。

「そ、そうなのか？」

「はい。本姓は村田と申しまして、祖父の代に、当時の柳生藩主であられた俊方公から、柳生姓を許されました。それ以来柳生を名乗っているのでございます」

「な、何故に？」

と問い返す少年の瞳に久通を責める色合いは僅かもなく、ただ溢れるような好奇心だけがあった。

「何故に、そなたの祖父殿は柳生の姓を？」

「剣で身を立てようと思う者にとって、名は、重要な意味を持ちます。如何に腕がたとうと、一介の村田某では、到底雇うていただけませぬ」

「なんと、立身のためか？」

「はい」

「立身のために、はるかなる祖先より受け継いだ姓を、簡単に捨てるのか？」

「はい。そのとおりでございます、若君」

少しも悪びれることなく、久通は認めた。

「現に、こうして若君の剣術指南役を仰せつかりました。村田某のままでは、到底戴くことのかなわなかったお役でございます」

「……………」

「それがしは、まがいものの柳生でございます。このようなまがいもの、到底己の師とすることはできぬとお思いならば、どうか、この場にて引導を渡してくださいませ」

「え？」

「剣術指南役は不適切である故、その役を召し上げると――」

「そちは、正気か？」

淡々と申し上げる久通の言葉を中途で遮り、少年は真顔で問い返した。

少年は、未だ世間のことを充分に知っているとは言いかねる未熟者ではあるが、己の身のまわりに仕える者たちのこと、彼らが己の言葉一つで如何なる運命を辿ることになるのか、それだけは悲しいほどに知り尽くしている。それ故、

「そのほう、ここで役を解かれれば――」

思わず言いかけた言葉を、だが辛うじて中途で止めた。折角戴いた役を一日で免じられたとあれば、その責を問われ、最悪切腹もあり得る。

少年の身分には、それほどの威光がある。

己の一言が、臣下の命まで左右するということを、少年は、至極幼少の頃から身を以て学んできた。

それ故、敢えて言葉を躊躇(ためら)ったのに、

「よいのです」

久通は、端正な眉間に束の間の困惑を見せただけで、すぐに爽やかな笑顔をみせる。

その笑顔に、僅かの嘘も偽りも見出せなかった。

「所詮(しょせん)それがしは、村田某の家系の者でございます。出自(しゅつじ)を偽ってまで、若君の指南役を務めることには、そもそも気後(きおく)れしておりました」

悪びれることなく言い切る久通に、少年は驚くと同時に何故とも知れぬ可笑しみを覚えた。好意を抱いた、と言い替えてもいいだろう。それ故少年は、

「いや…なのか？」

恐る恐る問い返した。

「そのほう、私の剣術指南役が、いやなのか？」

「滅相もございませぬ」

久通は忽ち顔色を変え、直(ただ)ちに平伏した。

「それがしのような、剣術以外なんの取り柄もない者に、若君をお教えするという過

分な機会をいただき、心より感謝しております。ただ——」

「ただ？」

「若君が柳生の剣をお望みでありますれば、それがしにはそれをお教えすることがかないませぬ故——」

「す、すまぬ、久通」

少年は慌てて言い募った。

「私の愚かな勘違い故に、そなたは気を悪くしたのだな」

「え？」

口には出さず、久通は目を上げて少年を見た。

「すまなかった。無知な私を赦(ゆる)してくれ」

言うなり、少年は腰を落としてしゃがみ込み、久通の手をとった。

「…………」

久通は、当然戸惑う。

「私は、そなたの剣を学びたい」

「若君」

「教えてくれるか？」

少年――将軍家世嗣・家基の真摯な瞳の色に、久通は容易く圧倒された。久通、当年三十三。親子ほど歳の離れた主君に、完全に心を奪われた瞬間だった。

「師よ」

「玄蕃、とお呼びください」

「では、よろしく頼む、玄蕃」

「恐れ入ります。重ね重ねのご無礼、どうかお許しくださいませ」

跪いたまま深々と頭を下げ、再び目を上げて家基を仰いだとき、家基もまた久通の瞳をじっと見返している。このとき久通の胸には、

(この御方が――)

天下の主となられた暁には、世の中はきっと、いまよりずっとよくなるだろう、という確信が生まれた。

家基の父・家治は、その聡明さを祖父の吉宗から見込まれた俊才だが、近頃は病がちであることを理由に、老中の田沼意次によって政から遠ざけられている。

(だが、若君が将軍職を継がれたならば、きっと御祖父様にもお父上にも負けぬ賢君となられることだろう)

そして、そのためなら若君に我が身を捧げ尽くすことも辞するまい。

その日から、久通は夢中で家基を教えた。

身に余る大役など、所詮厄介のもとだと毛嫌いしてきた己の心を、久通はすっかり入れ替えた。

久通の教え方がよかったのか、そもそも家基に才があったのか。一年もすれば、家基は久通の教えること——一刀流の基本をすっかり身につけた。

(頼もしいことだ)

久通は満足だった。

学問の師の話では、家基は学問もよくできるということだった。

(さぞかし、すぐれた名君になられることだろう)

だが、久通の願いがかなうことは竟になかった。家基が父・家治のあとを継いで十一代将軍となることは、竟になかったのである。

※　※

滝のような、といっても、決して言い過ぎではない。

まさしく瀑布の如き雨が降りしきり、その雨音が、すべての物音も人声も消し去っていた。

その上時刻は暮六ツを過ぎ、あたりは濃い闇に被われている。

「斬れ」

だが、低く口中に呟かれた男の言葉は、何故か久通の耳にはっきり届いた。

気のせいかもしれない。

その男の命がなくとも、雨中の人影どもは既に抜刀し、切っ尖を久通に向けていた。いつ斬りかかるかは各自の判断によるもので、不適切な指令は必要ない。

「貴様ら……」

当然久通も抜刀している。

正眼に構えたまま、一歩も動かない。雨水に濡れた袖も裾も、相応に重みを増している筈だが、久通はピクとも動かない。

自らは微動だにせず、相手の動きを誘う。敵は皆、手甲脚絆で袖と裾を締めている。雨水を含んだ袖が腕に纏わることがないぶん、雨中でも格段に動きやすい筈だ。

「おのれ！」

声には出さず、ただ胸の中でだけ、久通は無念を叫んだ。

「よくもッ!!」

目の前の討手は、まぎれもなく仇(かたき)だ。

あの御方の命を奪ったのと同じ人物から遣(つか)わされた暗殺者なのだ。

数寄屋橋御門(すきやばしごもん)を出て、河岸(かし)に沿って歩きはじめてすぐ、尾行者の気配に気づいた。

それ故、わざと人気(ひとけ)のないところまで誘ってやった。もとより、彼らと話し合いをする気はさらさらない。全員、この場で斬り捨てるつもりであった。激しく雨が降り出したのも、久通にとっては寧(むし)ろ好都合というものだった。

雨音が、すべての音を——悲鳴も絶叫も斬音も、すべてをかき消してくれるだろう。

ざゅッ……

最初に踏み出して久通に斬りかかった男の喉(のど)は、斬りかかったと同じ瞬間、深々と貫かれていた。

相手が打ってきたと察するや否や、久通は一歩踏み出し、やや身を沈めて切っ尖を避けると同時に、スゥッと両手を伸ばしていた。久通の刀は、即ちそいつの喉を貫きざま、すぐさまその隣の敵の鳩尾(みぞおち)をも抉(えぐ)る。

「がはッ」

絶命の呻き声は、二人ともほぼ同時であった。

二人の仲間がほぼ瞬時に斬られたことで、残りの五人は少しく動揺したようだ。

久通が再び構えを戻すと、彼らは揃って一歩後退った。

そのとき、久通は再び、

「斬れ」

と命じる司令官の声を聞いた気がした。

「斬れるものなら、斬ってみろッ」

久通は怒声を発するが、それも所詮雨音にかき消され、相手の耳には届くまい。

だが、それを合図のように、残った五人が、次の瞬間申し合わせたように呼吸を揃えた。次いで、久通の正面、背後、左右から、一斉に斬りかかる――。

その一糸乱れぬ動きに、久通は敵ながら感心した。

(見事な暗殺剣だ)

久通は冷静にそれを察し、察すると同時に素速く身を処す。

即ち、正面から来る者の下腹を蹴って俯せに転ばせるや否や、身を翻して背後の敵の喉を突いた。その切っ尖を引き抜きざま、左右の敵を瞬時に薙ぐ。ともに、脾腹を深く抉られて倒れる。

最後に残った一人――おそらく、「斬れ」と命じた一党の頭だろう――が、正面から声もなく殺到するのを、久通は僅かも慌てず迎え入れた。相手の鎬を軽くはずしざま、はずした次の瞬間には彼の鳩尾を深々と貫いている。

「ぬうぐッ……」

激しい雨夜の中では確認する術もなかったが、相当無念の表情を見せながら、そいつは絶命した。だが、

「くそぉッ」

すべての敵を葬りながらも、もとより久通の怒りはおさまらない。

「一人は生かして捕らえ、やつらの主人の名を吐かせるべきだったのに……」

独りごちながら、久通は無意識に己の袂で顔を拭った。

顔に降りかかる雨水を拭っているつもりだったのに、それが、滂沱と溢れる己の涙であることを、このときはじめて久通は知った。知ったところで、最早どうということもなかったが。

拭っても拭ってもなお執拗に顔を濡らす滴を拭いながら、こみ上げる悲しみをどうすることもできず、

「うおぉぉぉぉ〜ッ」

久通は獣のような咆哮を発した。

滝の如き豪雨は一向雨脚を弛めもせず、その慟哭を容易く呑み込んだ。

（降る雨がすべて矢となり、いっそ、この身を貫いてくれッ）

ただひたすらに、久通は願った。

四半時か、或いは半刻か——。

久通は同じ場所で、雨に打たれ続けた。だが、彼の願いも虚しく、激しく降る雨が矢に変わることはない。

（ならば、このまま朝まで雨に打たれ続けて空しくなるか……）

と思うほどに、久通の心は弱っていた。

なのに、飛瀑に撲たれるかの如き感覚の中でも、彼の五感はその機能を僅かも失ってはいなかった。

（鳴き声？）

久通はふと耳を澄ました。微かに、生き物の鳴き声を聞いた気がしたのだ。

彼を襲った刺客は全員、絶命させている。もし一人でも息のある者がいれば、もっと早く気づいていた筈だ。

だが、そのとき彼の五感をふと過ったのは、たとえ虫の息であれ、生きた人間の気配などよりずっと微かで儚い、小さき生き物の気配であった。

ふ…にゃあ……ふにゃあ……

久通は、そのか細い声の出所を漸（ようや）く察した。
察して、恐る恐る近づくと、彼が刺客を誘い込んだ竹林のはずれに、菰（こも）に被われた太い木の切り株がある。菰に覆（おお）われていたくらいだから、そもそも由緒のある、相当立派な古木だったのだろう。それがなんらかの理由で切り倒され、木を保護していた菰の多くは、即ちばらけて地に落ちた。

そんな菰の下から、微かな鳴き声は聞こえている。

久通は菰を捲（めく）り、その下に潜（もぐ）り込んで懸命に寒さを凌ごうとしていた小さな生き物を発見した。それは、真っ黒い闇の中であれば、すっぽり覆われて見えなくなってしまうような色味をしている。

「お前……」

久通は恐る恐る震える手を伸（の）べ、その黒く小さな子猫を捕らえた。

「このような儚い姿で……」

久通の片手にすっぽり収まってしまうほどの小さなか弱い生き物は、息も絶え絶えながら、懸命に微かな鳴き声を漏らしている。そして、なお充分に温かい。

「お前、生きたいのか？」

問われたところで、もとより仔猫が答える筈もない。

「生きたいのだな？」

それ故久通は独りごちながら、仔猫を注意深く己の懐へ入れた。

半刻あまりも雨に打たれていたため、久通の衣裳とて、既に下帯までしとどに濡れている。だが、せめて人肌の温みに最も近いところに庇ってやれば、なんとかなるのではないか、と考えた。

「このようなところで、わざわざ俺を呼んで……そこまで生きたいのであれば、生かしてやろう。生かしてやるとも——」

無意識に口走りつつ、子猫を懐に入れた久通は即ち一途に走り出した。

（必ず、生かしてやるぞ）

懐に入れた温みが冷たくなってしまわぬよう、懸命に——急ぎながらも、決して衝撃を与えぬよう、注意深く足を進めた。

それが、失われた命の代わりになるとは到底思えぬが、せめていま目の前にある命だけは失いたくないと、心の底から願った。

（必ず、生かさねば——）

たったいま、己の手で幾つもの命を奪ったことも忘れ、一つの小さな命を守ることだけに、久通はこのとき懸命になっていた。

第一章　火事場泥棒

一

評定所を一歩出ると、道三河岸を吹く風が膚に心地よかった。

気が弛んだのか、忽ち、大きな嚔がたて続けに二つ出る。

（どうも慣れんなぁ）

久通は深く嘆息し、ゆっくりと歩を進め出す。帰還先の北町奉行所は、ほんの数間先。道三河岸を、どんなにゆっくり歩こうと、四半時はかからない。

（どう考えても、俺には場違いだ）

ほんの寸刻その場に居合わせただけで、肉体以外の部分に重苦しい疲労を感じ、ぐったりしている。

幸い今日は、老中が同席しての寄合や式日ではなく、三奉行のみにての内座寄合だったから、多少は気が楽だった。

が、寺社奉行の土井大炊頭は下総古河藩七万石の大名。勘定奉行の柘植長門守は久通と同じ旗本だが、その家禄は千五百石と高禄で、六百石の柳生家とは家格が違う。

それだけでも、久通は甚だ緊張する。

土井大炊頭は未だ年若く、いつもニコニコと機嫌のよい笑みを満面に湛えている。柘植長門守は久通よりも十ばかり年上だが、気さくな人柄らしく、ちょくちょく軽口もきくし、息子のような年齢の大炊頭との関係も概ね良好であるらしい。

普通に考えれば、どこから見ても好人物である二人に対して緊張する必要などないのかもしれない。

だが久通には、彼らが笑顔で交わし合う言葉がまるで聞き取れず、聞こうとして耳を欹てるそばから、右から左へ流れていってしまう。

緊張が、その極に達している故に相違なかった。

(早く、月番が替わればいい)

心の底から、久通は願った。

月番が替われば、次の寄合には南町奉行の山村信濃守が出席することになる。彼もまた、久通よりは十以上も年上で、立派な大身の旗本だ。

(できればずっと、南町の月番であってくれたらよいのに——)

虚しい願いを懐いたところで、久通は奉行所の門前に辿り着いた。

門を潜り、与力詰所や同心溜りには近づかぬよう注意して足早に廊下を進む。

奉行所は奉行所で、彼にとってあまり居心地のよい場所ではない。

誰にも見られぬうちにさっさと渡り廊下の先にある役宅へ戻り、裃を解いて寛ぎたかった。自らも寛ぎつつ、縁先で寛ぐ雪之丞の姿でも見れば、忽ち心が慰められるに違いない。

だったらはじめから、役宅の門にまわればよかったのだが、中間の新助が当然のように奉行所の門へと誘うのに、ぼんやり従ってしまったのだった。

誰にも見られぬよう御用部屋の横を通って中庭まで出たが、そこまで到ったところで漸く、奉行所内がなんとなく騒がしいことに久通は気づいた。

(なにかあったのか?)

多少は、気になる。

部屋の中から聞こえてくる話し声が、すべて自分に向けられた悪口に聞こえるためだ。

（相変わらずだな）

北町奉行の職に就いて漸くひと月あまりになるが、その空気は一向に変わらない。

剣を能くする者の常で、彼は己を取り巻く気配を瞬時に察することができる。即ち、己にとって好い《気》なのか、好くない《気》なのか。

「此の度北町奉行の任に就いた柳生久通だ。宜しく頼む」

と大広間で挨拶した際、彼に向けられた与力・同心たちの目は、明らかに好くないものだった。どの目からも、

――この、成り上がり者め、

という反発と敵意が溢れていた。

（俺が自ら望んだことではないぞ）

さすがに腹が立ち、声を大にして言いたかったが、言えるわけもない。

そして、それからひと月を経たいまも、久通を取り巻く空気――彼に向けられた与力・同心たちの目つきに変わりはない。

その居心地の悪さたるや、まさしく針の筵そのものである。

（兎に角、早く楽になろう）

と思い、無意識に裃の肩衣を外しながら渡り廊下を歩きはじめたところで、

「お奉行様」

不意に背後から呼び止められた。

(この声は——)

心の奥の本音を読みとられぬよう、無表情を装いながら、久通は振り向く。

「なんだ、和倉」

「お話があります」

とその場で一礼したのは、筆頭与力の和倉藤右衛門である。

与力の中でも最古参で、久通に対して最も批判的な者の一人だった。齢五十。長年下手人の取り調べを行ってきた者特有の険しさと酷薄さがその満面に漲っている。

久通にとっては、いま最も相手にしたくない者であった。

「なんの話だ?」

とは問い返さず、

「私の部屋に」

久通は短く誘った。

もとより、ここで無意味な押し問答をしても仕方ないし、肩衣をはずした無様な姿のままで立ち話をする気は毛頭なかった。

「《くちなわ》の三次（さんじ）？」

血の通わぬ人形ではないかと思わせるに充分な無表情で、久通は問い返した。

ほぼ毎日久通の顔さえ見れば同じことしか言わぬ者に対しては、当然そうなる。

「その者がどうしたというのだ？」

「できれば、一日も早くお裁きをいただけませぬかと思いまして――」

和倉藤右衛門もまた、久通と同様の無表情で答える。

「だが、三次は罪を認めておらぬというではないか」

「既（すで）に取り調べは終わっております。牢屋敷にて罪を認め、口書き爪印も取れております」

「どうせ、拷問にかけて、無理矢理認めさせたのであろう。ご老中の許しもなく――」

「…………」

久通がチクリと厭味を言えば、和倉の顔色は忽ち変わった。

確かに、建前はそうである。だが、実際には、罪人を拷問にかけるために、いちいち老中に許可を求める奉行はいない。

（それを、この新参者めがッ）

和倉は内心激しく舌を打つ。

許可なく勝手に拷問したことを盾にとり、よりによって火付けの下手人をそうとは認めず、調べ直せ、と言う。

「命惜しさに、異を唱えているだけでございます。いちいち取り合っていては、きりがありません」

「…………」

久通の沈黙を、和倉は愚鈍さの表れだと確信している。

愚鈍であるが故に、罪人の、命惜しさの悪足搔きを真に受け、刑の執行を渋っているのだ。

（噂どおりの昼行灯だ）

和倉が、再び心中激しく舌を打ったとき、

「命を惜しむのは、当然だろう」

久通は漸く言葉を吐いた。

「一度失われた命は、二度と戻らぬ。それ故、死罪に値する重罪については、しっかり取り調べをせねばならぬのだ。無実の罪で裁かれた者が、命を失うようなことは、断じてあってはならぬのだ」

「………」

　今度は和倉が言葉を失った。

　久通の言葉――その一語一語に込められた強い思いに、容易く圧倒されている。久通の真剣な表情には、それだけの威厳というか、抗い難いものがあった。

「三次は、当初から、火付けをしたのは自分ではない、と強く主張していたそうだな。だが、強引な取り調べと拷問によって罪を認めさせた。拷問の末の口書きなど、なんの意味もない。それ故ご老中も、滅多に拷問を認めたりはなさらぬ」

「し、しかし……」

「何だ？」

「火付けの罪人をいつまでも生かしておけば、火盗が黙っておりませぬ」

「火盗が？　何故に？」

「そもそも三次は、火盗が目をつけていた盗っ人なのでございます」

「そうなのか？」

「はい。火盗は、一度目をつけた罪人をどこまでも追い、捕らえた後はそれこそひどい拷問にかけ、仲間の居所を聞き出すのでございます。火盗は、ご老中の許可などどなくとも、罪人を拷問にかけます故――」

「三次には、仲間がおるのか？」

些か勢い込んで言い募る和倉の言葉を止めさせるため、久通は中途で問いかけた。

「火盗は…そう思っておるようです」

それ故、一旦勢いを止められた和倉の語調は忽ち弱まる。

「だが、定廻りの同心や彼らが用いておる目明かしたちは、三次はそもそもケチなこそ泥故、火付けのような大それた真似をしでかすのはおかしい、と申していた。そのような者の仲間は、同様にケチなこそ泥ではないのか？」

「…………」

和倉は答えず、

（誰だか知らぬが、余計なことを昼行灯の耳に吹き込みおって……）

内心憎々しげに毒づいた。

与力歴三十年の己が、詮議のことなどなにも知らぬ暗愚で新参の成り上がり奉行に言い負かされるなど、あり得ぬことだ。もし、久通の耳に余計なことを吹き込んだ者が誰であるか知れたら最後、絶対に許すものか、と決意する一方で、

「ですが、三次が火事場で捕らえられたことは間違いありません。火付けを疑うのは

当然のことかと存じます」

　立て板に水の口調で和倉は言い返す。

「三次を捕らえて最初に取り調べた者によれば、三次は、断じて自分は火をつけておらぬ、全身黒装束で顔まで覆った複数の者がまるで手妻(てづま)のように素速く火を放ち、風のように逃げ去った、と申していたそうだな」

「まさかお奉行様は、そのような作り話をお信じになられるのですか？」

　軽く嘲笑(あざわら)うつもりで和倉は問い返したのに、

「何故はじめから作り話と決めつける？　その、黒装束の者たちの探索は行ったのか？」

　久通はまともに受け止め、まともに問い返す。それ故和倉は少しく戸惑う。それからすぐに思い返し、

「いいえ」

　和倉は不満げに首を振った。

　首を振りつつ、罪人が、罪を逃れたい一心ででっちあげる作り話を頭から信じる愚か者など、この奉行所には一人もおりませぬぞ。ただ一人、貴方様を除いては——と、喉元(のどもと)まで出かかる言葉は辛うじて腹中に呑み込む。

（ったく、なんだってこんな奴が奉行の職に……ご老中のごり押しだと言うが、いくら八代様のお孫様とて、勝手が過ぎるぞ）

という和倉の心の嘆きが果たしてその耳に聞こえたのか、

「私もそう思う」

久通はふと口調を変え、改まった様子で言葉を述べた。

「私も、己が町奉行の任でないということは充分承知しておる。それ故、ご老中には固くお断りしたのだ」

「え」

和倉は即ち血の気のひく思いで久通の顔を見返す。

「だが、お聞き入れいただけなかった。適任の者が見つかるまでの繋ぎでよいから、と説得されて、仕方なく御意に従った。そのせいで、そなたらには迷惑をかけることになってしまい、申し訳なく思っている」

「い、いいえ、そのようなことは決して……だ、断じて……」

久通の言葉に、和倉は容易く狼狽えた。そのとき和倉の心中を察したのでなければ、到底口にできぬ言葉であったからだ。

「しかしな、和倉――」

狼狽する和倉に向かって、久通は更に言葉を重ねる。

「仮に、任ではなくとも、しばしの繋ぎであろうとも、奉行は奉行だ。一度その職に就いた以上、私とて全力をもって望む所存である」

「はい」

断固たる久通の意思の前に、和倉は反射的に平伏した。そうせざるを得ない、なにかが、そのときの久通にはあった。あとになって思い返せば、ただただ癪に障るばかりであったが――。

「お奉行様が無事に御職務を全うされますよう、我らも全力で相務めまする」

「務めてくれるか？」

「は、はい、もとより――」

「ならば、三次の申す黒装束の者たちを探索せよ。必ず、探し出せ」

「え？」

和倉藤右衛門はそのとき我が耳を疑った。

（一体何を、言ってるんだ？）

二十年以上の長きに亘り、奉行所の与力を勤めてきた。決して疎かに語られるべき歳月ではなかったと信じている。それらの歳月の中でも、かつて一度も耳にしたことのない類の命令を、和倉は聞いた。それ故の衝撃であり、懐疑であった。

二

悄然と項垂れ、肩を落として退出する和倉藤右衛門の背を無言で見送りながら、

(だから、いやだったんだ)

久通は思った。

筆頭老中の座に就いてまだ日も浅い陸奥白河藩主・松平定信に呼びつけられたのは、前任者である石河政武の死の翌日である。

「そのほう、町奉行になれ。此度たまたま、北町が空いた」

開口一番、事も無げに言ってのける定信を、

(正気か?)

と疑う目で、久通は盗み見た。

彼の無謀さなら充分承知しているつもりであったが、実際には想像以上であった。

「それがしには、到底無理なお役目にございます」

もとより、断るつもりだった。

だが、定信の言葉は根拠のない自信に満ち、久通を大いに慌てさせた。

「いや、そちにこそ、相応しい役目だ。そもそも、一刀流の使い手であるそちならば、大岡翁の如く、自ら捕り物の場に出向くこともできよう」

「なにを仰せられます。大岡様が自ら捕り物の場に出向かれたなどというのは、巷の講釈師どもによる作り話でございますぞ」

それ故ついむきになって、久通は言い張った。

日頃の久通は目上の者に対して決してそんな物言いはしない。

だが、旧知の間柄である上、何度か稽古をつけたこともある仲だ。そのせいか、久通に向かって、まるで親戚の叔父にでも対するような狎れ方をする定信を相手にすると、ついつい久通の調子も狂う。

「ならば、そちが自らそうなればよいではないか。自らの剣で悪人を捕縛し、成敗する奉行。……格好の講談ネタではないか。さしずめ、今大岡だな」

「冗談も休み休み言うてくだされませ」

強い語調で、久通は言い返した。

「仮に剣など使えたからといって、奉行の職にはなんの助けにもなりませぬ。そもそも、それがしの如き家格と家禄の者が、町奉行ほどの要職に就ける道理がございませぬ」

「それは違うぞ、玄蕃」

「え？」

「そのようなつまらぬ道理は、余の思案とは無縁のものだ。つまらぬ道理を廃したところに、余の目指す改革がある」

「………」

「そちのような家格の者が、町奉行の座に就く。それもまた、余の目指す改革の一つだ」

とまで言い切られては、久通には最早(もはや)言い返せる言葉がなかった。

だが、それでも、断固固辞しようと思えば、できぬことはなかった筈だ。それを敢えてしなかったのは、いまも忘れ得ぬ旧主に、歳(とし)も近く血筋も近い定信が、重なって見えたからなのかもしれない。

「そちならば、自らの剣で賊を捕らえることもできよう」

久通の心中などにはおかまいなしの無神経な言葉を定信は吐いたが、久通はさあらぬていで聞き流した。

定信の祖父にあたる八代将軍・吉宗公の治世中、南町奉行を勤めた大岡忠相(ただすけ)は、名奉行の誉れ高く、俗に、「大岡政談」と呼ばれる講談の主人公となった。概ね講釈師の創作ではあるが、虚実交々さまざまな逸話をもつ人物だ。

吉宗の孫である定信にしてみれば、久通を、自分にとっての大岡忠相に見立てているのかもしれないが、久通にとってはいい迷惑だった。

そもそも久通は、町奉行という職に対して、相当な胡散臭さを感じている。

捕らえた罪人を、老中の許可なく拷問してはならぬ、という決まりがあるにもかかわらず、現場の与力・同心たちは平然と拷問を行う。それが彼らにとっては最も楽なやり方だからだ。はじめのうちは断固無罪を主張していた者でも、日を重ねるうちに、どうせなにを言っても信じてもらえず、ただ責め続けられるのだということを悟る。どうせ助からぬのであれば、少しでも早く楽になりたい、と願うことだろう。

死の寸前まで痛めつけた者の口から強引に引き出した自白によって罪が決まってしまうなら、最早奉行所など、あってもなくても、どちらでもいい存在ではないか。

そんな、組織としてはなんの存在意義もないような機関の長官に任命されることは、久通にとって、畏れ多い以前に、屈辱以外のなにものでもなかった。

(見たか、あの和倉のいやそうな顔を。奴は絶対に黒装束の探索などはせぬぞ。さっさと三次を火罪に処し、すべてを終わらせたい、そういう顔つきであったわ)

誰にも当たることのできぬ憤懣を、久通は己の中でだけぶちまけた。

(だから、あれほどいやだと言ったのに…)

握った拳を向けるべき先もわからず、久通が途方に暮れたとき、

「お奉行様」

ふと、障子の外から呼びかけられた。

「荒尾か？」

問い返すまでもなかった。その大柄な体の影が、くっきりと障子に映っている。

「はい、荒尾です」

「入れ」

久通は自ら居間の障子を開け、同心の荒尾小五郎を招き入れた。

北町奉行の任に就いてまだ日の浅い久通がその声を聞いただけですぐに荒尾だとわかったのは、南北合わせて三十名ほどいる廻り方同心の中でも、彼がとりわけ異彩を放つが故のことだった。

なにしろ、身の丈六尺ゆたかの巨漢である上、見た目も、山門の仁王像か鬼瓦かと見紛う異相の持ち主であった。

だが、厳めしい外見の割に年齢はまだ存外若く、三十前である。

「なにかわかったか？」

と開口一番久通が尋ねたのは、与力の和倉がさっさと始末をつけたがっている、三次の件にほかならなかった。

「はい」

もとより荒尾にはそれだけで通じる。

他ならぬ彼こそが、和倉が忌々(いまいま)しく思うところの、余計なことを久通の耳に入れた張本人であるからだ。

「三次の言う、火付けをしたという黒装束の者たちですが、他にも見かけたという者が数名おりました」

大柄な体を小さく縮こめて久通の前に正座するなり、荒尾は述べる。

「それはまことか？」

「はい。嘘をついたところで、なんの得(とく)にもならぬ者共(ものども)の申すことでございます。信用できます」

「うん」

一旦肯(うなず)いてから、

「しかし、その者たちは、三次と同じく盗っ人かヤクザ者であろう。彼らの証言だけでは、三次の自白を覆すことはできまいな」

淡々と言葉を次いだ。

「はい。それ故、なんとしても、黒装束の者たちを見つけ、捕らえねばなりませぬ」

力強く応える荒尾の言葉には、真摯な熱意が漲っていた。若者らしい、一途な思いのこもった言葉であった。

(なるほど、それでこそ、まことの《十手者》というわけだな)

荒尾が、三次の件を久通に告げた際のことが、ふと胸を過る。

直接の上役である与力の和倉の頭を飛び越え、奉行と直接話をするなど、僭越も甚だしい。

「そのほうは、前任の石河殿に対しても、屢々このような真似をしてきたのか？」

久通には先ずそのことが気になった。

組織の中にあって、身分や立場という序列を無視することは許されない。

そういう者は出世できないし、周囲からも浮き上がった存在で、煙たがられていることが多い。着任早々、そういう者から見込まれた、というのは、久通にとってあまり嬉しいことではなかった。

久通自身は、出世になんの興味もないが、そういう本心を、他人に対して明かしてもいない。それほど心許せる友もいないし、作る気もない。自分と同じような考えの者と連むつもりはさらさらなかった。

何故なら、そういう考えの者は、かなり高い確率で、厄介事を持ち込んでくるに決まっているからだ。

何一つ、己の意のままになどならぬ人生ではあるが、齢四十を過ぎたいま、余計な厄介事まで背負い込みたくはない。意のままにならずとも、大過なく過ごせればそれで充分だ。

(町奉行も、どうせ俺の任ではない。…次が見つかれば、すぐにお役ご免だ)

というくらいのつもりでいる。

だが、そのとき荒尾は、久通の問いの意味がわからなかったのか、真っ直ぐに彼の目を見つめ返すと、

「人の命がかかっております故――」

僅かも躊躇いのない口調で応えた。

「人の命?」

「三次は、とるに足らぬ小者にすぎませぬが、それでも、命は命でございます。犯してもおらぬ罪で死罪になるのは、あまりに不愍でございます」

荒尾の言葉にはなんの飾りも偽りもないように思われた。それ故、久通は容易く彼の人柄に惹かれた。

「罪なき者の命を守ることこそが、十手者の勤めと存じます」

真っ直ぐな荒尾の言葉に、小さな感動すら覚えた。久通の悪いところだ。真っ直ぐで一途な人間の真情に触れると忽ち、その者に肩入れしたくなってしまう。厄介事は懲り懲りの筈なのに、自らも火中の栗を拾いたくなる。大いなる矛盾であった。

「三次の命を救うには、どうすればよい？」

自己矛盾を克服した結果、久通は荒尾に問うた。

「とりあえず、刑の申し渡しを長引かせてはいただけませぬでしょうか」

「そのあいだに、三次が火付けの下手人ではないという証拠を見つけるというのか？」

「はい、必ずや――」

「できるのか？」

「必ずや、見つけ出します」

このとき、力強く請け負った荒尾を、信じてもよいのではないか、と久通は思ってしまった。ここまでは、久通の悪い癖だ。

だがその一方で、

(いくら思いが強くとも、それだけでは、如何ともし難いな)

ということも、久通は痛感していた。

「なにか、手かがりはあるのか？」

それ故久通は荒尾に問うた。

「…………」

「黒装束の者たちに繋がる手がかりは、なにかないのか？」

答えぬ荒尾の心中を慮り、久通は問い方を変えたが、荒尾が答えられぬことに変わりはなかった。

(矢張りな)

久通は内心嘆息する。

なにしろ、現場の監督官である与力の和倉が、この件をさっさと終結させることを望み、無用な探索など必要ない、と見なしているのだ。到底彼の協力が得られるとは思えない。ということは、他の同心たちも荒尾には協力しない、ということだ。

(ならば、せめて——)

思うと同時に、

「では、俺が手伝おうではないか」

久通は口にしていた。

「え？」

明るい口調で事も無げに言う久通を見つめたまま、荒尾は忽ち言葉を失う。

「その黒装束捜しを、俺も手伝おうというのだ、荒尾。…どうせ、お前とお前の手先の他には、手を貸してくれる者など誰もおらぬのだろう？」

「そ、それはそうですが……しかし、なにもお奉行様自らが、そのようなことをなさらずとも……」

「よいのだ」

「し、しかし、お奉行様にはお奉行様のお役目もあるのでは……」

「よいのだ」

もう一度、強い語調で同じ言葉を述べ、久通は慌てる荒尾を黙らせた。

「それに、俺にも少々考えがある」

「お奉行様……」

荒尾は不安げな面持ちで見返していたが、久通には久通の思案もあった。

確かに、まだ着任間もなく、こなさねばならぬ雑事も多いが、それを理由にしていては、いつまでたっても何事も成せない。折角縁あって役目に就いたからには、久通とて自らの務めは全うしたいのだ。

その最初の仕事として、荒尾小五郎という一本気で嘘のない同心に力を貸し、真の下手人を捕らえることは如何にも相応しい、と久通は思った。

三

縁先に寝そべる雪之丞を、しばらく無言で眺めていた。

ぐっすり眠っているのか、怠惰に横たえられた体はピクとも動かぬが、その満足げな寝顔は久通のほうに向けられている。いつまで眺めていても飽きることのない寝顔だ。

(猫は、特に宿痾がなければ、優に二十年余は生きると聞く。雪之丞はまだ十にもならぬ。……まだまだ生きるな)

雨の夜に拾った仔猫が、これほど大きく成長しようとは、あの折の久通は夢にも思わなかった。

両掌(りょうて)で庇(かば)えるほどに小さかったし、鳴き声もか細く、かなり衰弱しているようだった。翌日久通は馴染みの町医者のもとへ仔猫を連れて行き、「なんとかしてくれ」と迫った。

「俺は人を診(み)る医者だ。猫のことなど、わかるか！」

古い友人でもある医者は忽ち激昂(げきこう)したが、久通は怯(ひる)まなかった。兎に角、仔猫の命を助けたい。その一事しか頭になかった。

「人でも猫でも、命に変わりはあるまい。なんとかしろ」

久通の剣幕に閉口した医者は、

「衰弱しているのは、滋養が不足しているためだろう。滋養のある食べ物を与えて様子を見ろ」

苦しまぎれにそう指示した。

「滋養のある食べ物とは？」

「知らん。猫が好むのだから、魚とか、そういうものじゃないのか？」

「だが、生まれたばかりの仔猫は魚を食せぬだろう。母猫の乳で育つのではないのか？」

「そうかもしれぬが、その母猫がおらぬのではどうしようもあるまい。人の子でも、生まれてすぐに母を失った嬰児などは、貰い乳をするか、重湯を与えるなどして命をつなぐのだ」

「なるほど」

久通は納得し、早速屋敷に戻ると、用人の半兵衛に命じて、近所に子を産んだばかりの母猫がいないか、捜させた。

「なんでそれがしが、そのようなこと……」

ぶつくさ言いつつも、半兵衛は、近所の武家屋敷だけでなく、猫を飼っているという商家などにも聞き回ってくれた。久通が仔猫を連れ帰った夜は、「そんな死に損ないの獣など拾うて、どうするおつもりです」と文句を言っていた半兵衛だが、ひと晩世話をするうちに情がうつったのだろう。

結局、子を産んだばかりの母猫は見つからなかったが、薄めた重湯などを与えているうちに、仔猫はどうにか元気になった。

全身真っ黒な毛並みのその猫を雪之丞と名付けた久通の酔狂に、半兵衛は甚だ呆れていたが、そのうち全く気にしなくなった。

(あれから九年だ。あの夜掌の中で震えていた仔猫が大きく育つのも当然ではないか)

雪之丞は、降りかかる陽光が眩しいのか寝返りを打ち、一旦久通のほうへ背を向けてから、やおら大きく伸びをする。ゆっくりと起き上がり、黒曜石のように輝く瞳で一瞬久通を顧みてから、のそりのそりと歩き出す。陽射しが強くなったので、昼寝の場所を移動するつもりなのだろう。

縁先を通って隣室に入り、お気に入りの座布団の上で丸くなるに違いない。座布団の側には久通の脇息が置かれている。

雪之丞が久通の居間で寝転がるのを見届けずに、

(さて、出かけるか)

やがて久通は、ゆっくりと腰を上げた。

部屋を出る際、廊下に控えていた近習の瀬尾朔之進を見ると、

「頼む」

短く告げて、そのまま廊下を渡って一旦奉行所へ入り、奉行所の勝手口から外へ出た。

「遅いぞ、朔」

路地奥でじっと身を潜めていた久通は、漸く現れた朔之進を見るなり、渋い顔で苦

情を述べた。

「申し訳ございませぬ」

　弱冠十八歳の朔之進は恐縮しつつも、

「出がけに、半兵衛様に見つかってしまいまして……」

　困惑顔に言い訳を口にする。

　久通も忽ち顔色を変えた。

「なに、半兵衛に？」

「何処（どこ）へ行くのだ、と厳しく問い詰められました」

「それで、なんと答えた？」

「雪之丞の好物の鰹節（かつおぶし）を切らしてしまいましたので、河岸（かし）へ買いに行きます、と」

「それで、半兵衛は納得したか？」

「いいえ、そのような些細な用事は、福次（ふくじ）にでも言いつけよ、と」

「尤（もっと）もだ」

　納得顔に久通は肯くが、それを不服としたか、

「それでは私が外へ出られないではありませぬか」

　むきになって朔之進は言い返す。

「では、どうやって出て来たのだ？」

「福次殿では、雪之丞の歓ぶ鰹節を見分けることはできません、と申し上げました。福次殿を貶(おとし)めるようなことを言い、申し訳ないことをいたしました」

「だが、事実だ。確かに福次には鰹節などどれも同じに見えよう」

「それでも、半兵衛殿は承服しかねるようで、『鰹節など、どれでも同じだ』と……」

「なに、半兵衛が左様なことを！　あやつもまるでわかっておらぬな。福次と同じだ」

舌打ちした後深々と嘆息し、久通は朔之進が両手に抱えた風呂敷包みを無言で受け取った。手早く解(ほど)くと、中からは着古した黒縮緬(ちりめん)の小袖と草臥(くたび)れた博多織の平帯とが現れる。

「おい、朔、俺の正面に立て」

と再び朔之進の手に着物を持たせると、いままで身につけていた仕立てのよい熨斗(のし)目(め)の紋服を脱ぎ、さっさとそれに着替えはじめた。慣れているので、表であってもその動作には全くなんの淀みもない。

「ったく、鰹節がどれも同じだなどと思っておるから、いつまでたっても、当家(け)の飯は不味(まず)いのだ。……だいたい、半兵衛の奴は日頃から雪之丞を軽んじておる。怪しからん」

「雪之丞は、上州屋の鰹節以外、見向きもいたしません」

久通の脱ぎ捨てるものを受け取り、手早くたたんで風呂敷に包み直しながら、朔之進は応じる。こちらも手慣れているらしく、流れるように淀みのない動きである。

「おお、そのとおりだ。……朔が来てくれて、本当によかった。雪之丞も、そちの心のこもった世話をさぞや歓んでいることだろう」

「だとよいのですが……」

朔之進はあくまで控え目だ。

「私も、それほど猫に詳しいわけではございませぬ」

「謙遜するな。逃げ出した雪之丞を連れ戻せるのはお前だけだ」

着替え終えた久通は、二刀を平帯のあいだにぶち込むと、最後の仕上げに鬢の毛をやや乱して完全な浪人風体となる。

「では、行くか」

独りごちるように言い、久通は歩き出した。

朔之進は慌ててそのあとを追う。

「殿様」

「ん？」

「まこと、私は殿様のお役に立てているのでしょうか？」

「当たり前だ。こうして身軽に出かけられるのも、お前の助けがあってこそではないか。紋服姿の武士が、町人たちの屋台をひやかしてまわるわけにはゆかぬからなぁ」

通りへ出て、如何にも素浪人めかしく懐手をしながら久通は応える。

「それに、万一半兵衛にでも見つかれば一大事だ」

「それでは何故、私に剣を教えてはくださいません」

「…………」

つと、強い語調で久通に迫る勢いの朔之進に気圧され、久通は絶句した。

「お屋敷においていただく条件の中には、剣を教えていただくことも含まれていた筈です」

「条件だなどと、お前、そんな大袈裟な……ただの口約束ではないか。書面を交わしたわけでもなし……」

「では、書面を交わしてください」

「書面を交わすのであれば、いつまでと期限を決めねばならぬ。だが、お前の置かれた立場ではそれはなるまい。……仇の沼間井に、今日出会うかもしれぬし、半年一年を経ても出会えぬかもしれぬ。期限を定めぬのは、お前のためでもあるのだぞ、朔」

「…………」

朔之進は流石に返す言葉を失った。

日頃は、さほど饒舌なほうではない久通であったが、この、少年の風貌をした若者に対しては別であった。何故か、さほど思案することなく、スラスラと言葉が口をつく。それは即ち、朔之進に対して心をゆるしている証拠であった。知り合ってから、まださほどの月日は経っていないのに、だ。

「何故、教えていただけないのでしょうか」

しばし黙り込み、再び口を開いたときの朔之進の言葉は悲しく震えていた。

おそらく、いまにも泣きそうな顔をしているに違いない。それを見るのがいやで、

無論久通はそっぽを向いている。

「俺は北町奉行だぞ。そんな暇はない。……それ故、道場へ行け、と言っておるではないか。かつて俺の通った道場だ。師範に話は通してある」

「ですが……」

「いまの師範代は、俺などより余程教えるのが上手いぞ」

「でも私は、殿に教えていただきたいのです。同じお屋敷内に起居しているのですから、わざわざ道場へ通うより、そのほうが、都合がよいではありませぬか」

「私は、もう金輪際、誰にも剣を教えるつもりはない」

という言葉を喉元で呑み込み、久通は、

「俺はもうここ何年も、刀など抜いてもおらぬ。お前に教えるどころか、俺自身が道場に出向いて竹刀を振るい、鍛錬し直さねばならぬわ」

噛んで含めるように言い聞かせようとするが、

「しかし、私とはじめて出会いましたあの折には――」

忽ち朔之進に切り返される。

(こやつ――)

痛いところを衝かれ、瞬間、カッとなりかけるが、かろうじて間際で堪えてグッと呑み込み、

「あれは、たまたま相手が弱すぎただけのことだ」

極力気のない口調で久通は応えた。

「し、しかし、殿――」

「そんなことより、朔、お前はなにを食したい？」

久通は強引に話題を変えた。

呉服橋御門(ごふくばしごもん)を出て日本橋(にほんばし)方面へ足を向け、先ず一石橋(いっこくばし)を渡って広い通りへ出る。

「なにと言われましても……」

困惑気味に応えつつ、朔之進は久通の背後にピタリと続いた。人通りの多いところではぐれると、忽ち道に迷ってしまう。一人で自由に市中を往来できるほど、朔之進は、未だ江戸の地理に明るくはない。

「そういえば、朔は、江戸の寺社の縁日ははじめてか？」

「はい、はじめてです」

「ものすごい人出だからな。財布をすられぬよう、気をつけるのだぞ」

「財布なんか、はじめから持っていません」

「え？　雪之丞の鰹節を買う金は？」

「あれは嘘です」

「嘘？」

「鰹節はまだあります。半兵衛殿を欺(あざむ)くため、嘘をつきました」

「そ、そうか」

あまりに淡々とした朔之進の告白に、久通は少なからず驚かされた。

（こやつ、童のような顔をしているくせに、なんと易々嘘をつくものよ）

驚くと同時に、甚だ呆れた。

知り合ってから、未だ半月あまり。

日頃はその幼顔と江戸に不慣れな田舎者ということですっかり気を許してしまっているが、実はとんでもない食わせ者かもしれない。

（或いは、猫と思うて拾うてみたが、実は虎の子であったりするのかもしれぬ）

ふと思ってから、久通は自らのその考えに自ら苦笑した。

うっかり虎の子を拾ってしまったのだとしたら、それは久通自身の不明にほかならない。自業自得というものだった。

「父の敵！　覚悟ッ」

朔之進との出会いは唐突だった。

路上でいきなり、久通めがけて斬りかかってきたのだ。

もとより余裕で躱したが、

「…………」

少年のような風貌の若い武士をひと目見るなり、久通は戸惑った。

「父の敵だと?」

「おのれ、父の敵・沼間井剛右衛門、よくぞ今日まで逃げ延びたッ。だが、それも今日限りだッ」

若侍が顔に似合わぬ大音声を発するので、道行く人々も足を止め、忽ち二人に注目している。

「いざ、参るッ!」

(私とよく似た者がこの者の父を殺し、仇として追われているというわけか。一体、なんの因果だ)

内心辟易しながら久通はその場に立ち尽くすが、

「いざッ!」

再三威勢よく気合を発しながら、大上段に大刀を構えたまま、若侍は容易にかかってこようとはしない。久通が一向に抜刀しないので遠慮しているのかと思えば、よく見ると、刀を振り上げた両手がガタガタと震えていた。刀の重みに、その細腕が耐えられないのだ。だが、

「ぬ、抜け、沼間井ッ」

動かぬ久通に焦れ、若侍は更に声を張りあげた。

「抜かぬかぁーッ」

興奮の極にあるがために、声はうわずり、おそらく視界もぼやけていることだろう。

そのため、久通を見る目の焦点が合わず、虚空に視線を向けている。

「抜かねば、このまま斬るぞッ、沼間井。それでもよいのかぁーッ」

（これは度し難い）

と判断した久通は、

「ああ、斬られてやるから、かかってこい」

ゆるい口調で相手を挑発した。

「…………」

一瞬間絶句した若侍の体は、まるで見えない糸で吊られているかのようにピタリと停止する。大刀を振り上げた両手からも、束の間震えがやんでいた。それを確認した後、

「来い、小冠者ッ――」

久通は鋭く叫んだ。

その途端、若侍は弾かれたように反応し、振り上げた刀を振り下ろす。両者の間合いは約一歩半。力なく振り下ろされた切っ尖を躱しざま、若侍の足下を一蹴する。

「うわッ」

足を掬われた若侍が翻筋斗うって倒れる寸前、久通は彼の手から刀を奪い取った。持ち主の手から放たれた大刀が、周囲の見物人の体をうっかり傷つけぬためだ。

「…………」

瞬きする一刹那の出来事故、なにが起こったかわからず、若侍はしばし茫然とする。

「よく見ろ、たわけがッ」

久通は一喝した。

「え？」

「これが、貴様の仇の顔かッ？」

「…………」

倒れた若侍は、目の前に突き出された男の顔を、そのときはじめてまともに見返した。

「え？…あッ！」

「どうだ、これが、沼間井某の顔に見えるか？」

「あぁ～ッ」

「俺はお前の仇か？」

漸く正気に戻った顔で、若侍は首を振った。

「ひ、人違いでございましたッ」

呆気ないほど素直に認めつつ、その場に両手を突く。

「も、申し訳ございませぬッ。とんだご無礼をッ――」

「いや、わかればよいのだ」

「どうかお許しくださいませッ」

地べたへ、額を擦りつけんばかりに平伏する若侍に、久通は閉口した。

「もうよいから、立て。仇と他人の見分けもつかぬほど思いつめていたとはよくよくのことだ。深い事情があるのであろう。……よいから立って、こちらへ来い」

閉口しつつも、旅塵にまみれた若侍の襟髪を摑んで強引に引き立て、歩き出した。

そうこうするあいだにも、衆目はなおも増え続けている。久通には耐えられなかった。一刻も早くその場を立ち去り、屋台の鮨でも食わせながら話を聞いてやれば、若侍は腹も心も満たされて、落ち着きを取り戻すことだろう。

実際、久通の思惑は功を奏した。

久通から、屋台の鮨と天麩羅とを馳走になった若侍は、やがて静かに己の身の上を語った。久通は静かにそれを聞いた。

播州三日月藩勘定方、瀬尾蔵人の嫡男・朔之進との縁は、このとき彼に振る舞った屋台の鮨と同じく、一期一会のものとなる筈だった。少なくとも、久通はそのつもりだった。

だが久通の思惑は見事に外れ、なんとその日から、朔之進は柳生家に起居することとなった。

(是非もない。……雪之丞の恩人を、無下に見捨てることはできぬ)

と久通が思い、少しく彼の足どりが弛んだ瞬間、

「殿」

朔之進がふと声をかけてくる。

「なんだ、朔？」

「一つ、伺ってもよろしいでしょうか？」

「あ、ああ……」

不得要領に久通は応じた。

このあたりの唐突さが、或いは虎かもしれぬという疑いを久通に抱かせる所以であろう。

「雪之丞という名は、殿がおつけになられたのでしょうか？」

「ああ、そうだ。それがなにか？」

「何故、そう名付けられたのですか？」

朔之進の真剣な面持ちに少しく困惑しながらも、

「雪之丞は、仔猫の頃、腹のあたりの毛が真っ白だったのだ。まさしく、土足で踏み荒らされる前の新雪の如くに、な。それ故、雪之丞と名付けた」

久通は応えた。応えつつ、雪之丞を拾った折のことを思い出している。

「だが、長じて後、真白き毛は少なくなり、いまのような黒猫の姿となった」

「そうでしたか」

「そうだ。だが、いまもなお、腹のあたりにごく僅かではあるが白い毛が残っておる。毎日世話をしていて、お前は見たことがないのか？」

「はい、ありませんでした」

別に責めるつもりで言ったわけではないのに、朔之進は何故かそれきり悄然と項垂れた。

(今頃になって名付けの理由を尋ねるなど、おかしな奴だな)

久通は久通で首を捻っていたが、それ以上考えるほどもなく目的地に到着した。

（しかし、あやつは俺が仇と同じ着物を着ていたというだけで、ろくに顔も見ずに斬りかかってきたような粗忽者だ。或いは虎の子かもしれぬなどというのは、俺の考えすぎだろう）

思い返しつつ、久通は揚げたての茄子の天麩羅を食べていた。そのすぐ隣では、朔之進が芋の天麩羅にかぶりついている。

その姿、十八の若者というより、せいぜい十四、五かそこらの元服前の少年の顔つきだった。

四

朔之進を、己の近習として役宅に住まわせるようになってからというもの、久通は、彼の故郷について多少は調べた。

播州作用郡三日月に陣屋を構える三日月藩は、元禄十年に本家である美作津山藩が改易となった後、彼の地に移された。

ときの藩主は、津山藩主・森長武の弟、長俊である。

当時は一万五千石ほどの小藩だったが、のちの延享二年、播磨・美作の天領五万四千石を預けられたため、内情は豊かであった。陣屋のある三日月は城下町さながらに栄え、旅人の往来も少なくはなかったのではないかと思われる。

そんな三日月の陣屋町に、沼間井剛右衛門という、どこから見ても胡散臭い素浪人風体の男が現れたのは、天明五年四月——久通が小普請奉行に任じられた頃のことらしい。

家老の遠縁にあたるという触れ込みで三日月にやって来た沼間井は、瞬く間に藩のお歴々たちに取り入り、その屋敷に出入りを許される仲になった、という。

それというのも、一体何処から調達するのか、曰くありげな道具類——相当値打ちのありそうな茶器や香炉などを、惜しげもなくお歴々に献上したのだ。

国家老はもとより、年寄も側用人も馬廻衆の番頭も、皆一様に沼間井と馴染んだ。即ち沼間井は、殿様と直接接する機会のあるお歴々を、すっかり籠絡したのだ。

沼間井の目的は、森家への仕官であろうと多くの者が察したが、実はそうではなかった。沼間井は仕官を望まず、ただ御陣屋への出入りを望んだという。

通常、藩士でもない者が陣屋に出入りすることは許されない。が、なにしろお歴々に気に入られている、という強みがある。お歴々は当然便宜をはかってやったので、沼間井は自由に陣屋に出入りすることができた。

「なんのために、沼間井はお陣屋に出入りしていたのだ？」

このとき、朔之進の話を聞きながら、無意識に口中へと運んだ穴子鮨を完全に咀嚼し、嚥下しきってから久通が問うと、

「父が言うには、御蔵の中を覗いていたのではないか、ということでございます」

口中の蝦蛄握りを呑み込んでから、朔之進は答えた。

「沼間井は何故御蔵を覗いたのだ？」

「御蔵の中には、御藩祖・長俊公から伝わる貴重な品々がございます。沼間井は、それらを盗み出そうと企み、実際に盗み出したのです」

「なにを盗み出したのだ？」

「森家に代々伝わる、《苔猿》と呼ばれる茶器でございます」

「それは、貴重なものなのか？」

「もとより、御藩祖・長俊公が、ときの公方様より賜ったという品でございます」

という朔之進の言葉に黙って耳を傾け、しばし首を捻って思案した後に、久通は尋ねた。

「しかし、そなたの父上は、何故沼間井を怪しいと見抜いたのだ。他の者は誰一人怪しんではいなかったのだろう？」

「顔が――」

「顔が？」

「気に入らなかった、と申しておりました。はじめから、顔が気にくわなかったのだ、と」

「なるほど」

久通は朔之進の話を興味深く聞いた。

確かに、顔の好き嫌いというのは、その者を判断する上で、かなり重要な材料になる。たとえば、福次のように無能な使用人を長年雇い続けているのも、おそらく久通が、相当福次を気に入っているからなのだ。

「それで、沼間井の悪事を見抜いたお父上は、沼間井が出奔するのを止めようとし、逆に斬られてしまったというわけだな」

「沼間井は父を斬り、藩の秘宝である《苔猿》とともに逐電いたしました。それ故私は、沼間井を斬って父の無念を晴らし、家宝の《苔猿》を取り戻さねば、帰参することはかないませぬ」

「だが、《苔猿》のほうは、諦めたほうがいいな」

「え？」

明日の天気でも予想する程度の軽い口調で久通は言い、朔之進はさも意外そうに問い返した。

「何故です？」

「沼間井がなんのために《苔猿》を盗み出したと思う？　もうとっくに、どこぞの道具屋にでも売り飛ばした筈だ」

「…………」

「それ故、父上の仇を討つことにのみ、心血を注ぐことだ。藩のお偉方も鬼ではあるまい。そなたが、艱難辛苦の果てに見事敵を討ち果たした、となれば、帰参は許されよう」

「そ、そうでしょうか？」

朔之進は恐る恐る問い返してきた。

「ああ、大丈夫だ」

久通は自信を持って請け負った。

「仇を見つけて討ち果たす、という一事のみに懸命になれば、屹度願いはかなうだろう」

実は、鮨をつまみながら、久通は酒も少々過ごしていた。それ故、かなりいい気になっていたものと思われる。

「では、気をつけて藩邸まで帰られよ」

と言って朔之進と別れようとしたときには、久通はすっかり上機嫌である。三日月藩の上屋敷が何処にあるかも、当然知らない。

「うわぁぁ〜ッ」

踵を返したその瞬間、すぐ背後で叫び声があがり、久通はつと足を止めた。止めたときには鯉口を切っている。

身近に迫った敵に対しては、無意識にそうなる。全身に剣気を漲らせつつ振り向くと、朔之進が、五、六名ほどの不逞の輩に囲まれ、刃を向けられていた。

「な、なんだ、お前たちはッ」

抜刀した敵は、もとより朔之進の言葉になど耳を傾けてはいない。

（いかん——）

思うより先に、久通の体は反応していた。

最初の一人が朔之進を襲うより早く、久通はその間に割り込み、大刀を振り上げた男の鳩尾に、強く肘を突き入れた。

「ぐがぁッ」

男は忽ち悶絶した。

間髪を入れず、すぐ隣の男の脾腹を鋭く払う。勿論、棟で。

「ごぉッ」

蹲ったそいつが血反吐を吐いたかどうかの確認はせず、更に刀を返して背後の一人の脛を強か打ち据えた。

襲撃者の半数が、瞬時にたおされた。

そのことの意味がわからぬほど、愚かな者たちではなかったようだ。

「退け」

一人が低く囁くと、倒れた仲間の体を助け起こしつつ、直ちにその場を逃れ去った。

「なんだ、あいつら」

久通は茫然とその背を見送った。酔いはすっかり醒め果てていた。

「一体どうしたのだ？」

「さあ……」

朔之進は朔之進で、たったいま、命を狙われたというのに、事態を全く把握できていないようだった。

「物盗りでしょうか？」

「まさか……」

朔之進の言葉に、久通は甚だ呆れてしまった。どこからどう見ても、金など持っていそうにない朔之進のような者を、わざわざ複数で襲う物盗りなど、いるわけがない。

「見知らぬ者たちだったか？」

「はい」

「まことに見知らぬ者たちか？」

「はい、見知らぬ者たちでした」

「旅の途中で、なにか揉め事でもあったのではないのか？」

「いいえ、揉め事などなにもありませんでした」

朔之進は首を振るばかりだった。

その日は結局屋敷に連れ帰り、中間（ちゅうげん）長屋の空き部屋に泊めてやったが、「また、得体の知れぬ者を拾うてきた」と言い、半兵衛はあからさまにいやな顔をした。

「幸い、あの者、死にかけのようには見えませぬな。早々にお引き取り願いましょう」

雪之丞を拾った折のことを引き合いに出し、半兵衛は追い出す気満々であったが、残念ながら、それはかなわなかった。

引っ越したばかりの役宅に慣れず、なにかというと元の屋敷へ戻ってしまおうとする雪之丞を、どういうわけか、朔之進は易々と見つけ出し、連れ戻すことができた。その一事だけで、彼は柳生家に居候する資格を得た。

口では多少厳しいことを言っても、結局半兵衛も雪之丞には甘い。追い出せるわけがなかった。

「そういや、昨夜赤坂御門の外で火事があったってな」

「ああ、紀州様のお屋敷の塀も少し燃えたらしいぜ」

「でも、大名火消がすっ飛んできて、すぐに消し止めたんだろ」

「いいよなぁ、お武家のお屋敷は。大名火消も定火消もすぐに駆けつけるから、ちょっとやそっとの火事じゃ燃えることはねぇや」

「おい、滅多なことを言うもんじゃねぇぞ。何処で誰が聞いてるか……」

「いいじゃねぇか。屋台に集まってくるような野郎に、お上の手先なんざ、いやしねえよ」

（ここに一人おるぞ）

と心中密かに呟きつつ、久通は屋台の周りで立ち話する客たちが交わし合う言葉に耳を欹(そばだ)てていた。

昨夜、赤坂御門近くの紀州家中屋敷が火災に遭ったということは、無論久通とて報告を受け、知っている。

大名屋敷は、たとえ隣り合っていても宏大な敷地を隔てての隣接であるため、仮に隣近所から出火したからといって、民家の密集する裏店(うらだな)のように忽ち燃え広がる、ということはない。しかも、使用人の多い屋敷であれば、家人のみにて消火することも可能だし、家格の高い大名家ともなければ、大名火消や定火消が最優先で駆けつけてきてくれる。

それ故、名だたる大名屋敷が全焼したというようなことは、明暦(めいれき)の大火以降、そうはない筈だった。

久通の記憶にも未だ新しい、十五年前の明和(めいわ)の大火も、ひどい被害を出した。老中となったばかりの田沼意次の屋敷が多少類焼したのを筆頭に、他にも多くの大名屋敷が類焼したが、あくまで類焼である。どの屋敷も、多少修繕すれば問題なく居住し続けられる程度の被害ですんだ。

だが、狭い民家が密集するあたりの被害は、凄惨なものだった。

軒と軒とが触れ合うように隣接しているから、炎は忽ち燃え広がるし、逃げ惑う大勢の人波をも、炎は容赦なく追う。火に追われた人の群れは水のあるところ——即ち川へと殺到し、我がちにと急ぐがあまり、橋の上から、土手の上から、川面めがけて転がり落ちる。

落ちても、泳げる者ならまだよいが、水練の心得のない者はそのまま川底まで沈み、命を失う。

（あれぞまさしく、この世の地獄だった）

あの折の夥しい死者の数を思うと、久通は無意識に瞑目せずにはいられない。

実際に火付けを行った下手人の武州熊谷無宿・真秀なる坊主は、それからまもなく捕縛され、小塚原で火刑となったが、それすら最早なんの救いにもならぬだろう、と久通は思った。

到底、たった一人の下手人の命で購えるような被害ではなかった。

そもそも、あれほどの大火事、真秀一人の手で為し得るものなのか。

（おかしい）

とは思っても、当時西丸書院番という閑職にすぎなかった若輩者の久通に、どうこうできる問題ではなかった。

「どうぞ」

つと、目の前に芳(かん)ばしい匂いの焼き蛤(はまぐり)が突き出され、久通は忽ち我に返る。

「おお、すまぬ」

代金の十文とひき換えに皿を受け取ると、貝の中に溜まった汁を、ずッと一口に啜りきる。この旨味を無駄にしたのでは、屋台の店主と蛤に申し訳ない。旨味の溜まった汁を飲み干しざま、蛤の身を口中に放り込み、一気に咀嚼した。

「温かいものは、温かいうちに食するが一番だ」

久通に屋台の楽しみを教えてくれた師匠が常々口にしていた教えを、いまも忘れてはいない。

（美味(うま)い……）

思わず、両の瞼(まぶた)の裏に熱いものがこみ上げるほどに、久通は感動している。もう、美味くて美味くて——あまりの美味さに体じゅうの血が沸き立つ瞬間なのだ。それ故、

「旦那」

焼き蛤屋の親爺からの呼びかけにも、しばし気づかなかった。

「旦那」

「え？」

「旦那、お連れさんが、妙な連中にからまれてますぜ」

「お連れさん？」

親爺に言われて、久通ははじめて、朔之進が自分の側にいないことに気づいた。

なんでも好きなものを食え、と小銭をいくらか持たせてやったので、てっきりそうしているのだろうと思っていた。境内は言うまでもなくすごい人混みだ。

こんなところで久通とはぐれたら、金輪際屋敷へ帰れなくなることは当人が最も強く自覚していようから、まさか自ら離れていくようなことはあるまいと思っていたのだが、

（妙な連中にからまれて？）

親爺が目顔で示したほうへ視線を向けると、なにやら人集りがしたあたりから、か細くも、耳に馴染みある悲鳴があがる。

「ひゃあーッ」

「な、なんですか、いきなりッ——」

朔之進の叫び声に相違なかった。

久通のいる焼き蛤屋から数軒離れたところ——食べ物の屋台が尽きるあたりに燗酒を売る者や心太を売る者など、振り売りの商人がその荷を下ろして商売している。

果たして、その振り売りのところへなにか買いに行ったのか。

朔之進は、明らかに地回(じまわ)りのような風体の男たち三、四人から、行く手を阻まれていた。

男たちが、手に手に匕首(あいくち)か短刀かの刃をちらつかせていることは離れた場所からでも、久通には容易に察せられる。

(いかん)

察すると同時に、久通は無意識に行動していた。即ち、人波をかき分け、忽ち朔之進の傍(そば)まで到達せんとしたのだ。

柳生家に起居し、久通の近習のような役割を担わせるようになってからは、小袖も袴も、常に真新しいものを着用させている。元服前の少年と見られてもおかしくない童顔の朔之進だ。裕福な家の子弟と思われ、地回りに金を強請(ゆす)られたとしても不思議はない。

「すまぬが、どいてくれ」

はじめのうちこそ、丁寧な言葉で並み居る者たちを押し退けていた久通であったが、遂に業を煮やすと、

「退(ど)けッ」

一言吠えるなり、目の前の一人の肩を摑んで跳躍し、空を舞いつつ、

「退かねば斬るぞ」

常日頃の彼ならば絶対に口にしない筈の暴言を吐いた。

吐いたと同じ瞬間、朔之進に向かって刃を突き付けていた地回りの一人の後頭部を、強かに蹴りつけた。

「ふぐぅッ」

そいつはもとより頭を抱えて悶絶するし、ほぼときを同じくして、彼のすぐ隣りにいた仲間も、不意に項を摑まれ、乱暴に地面へ叩きつけられている。

「…………」

顔面から無防備に倒れ込んだそいつは、悲鳴を漏らすこともなく、そのまま無言で失神した。

「殿様」

久通の姿を認めた朔之進が満面に喜色を漲らせるのと、

「逃げろ」

残りの地回りが互いに目配せし合って逃げ出すのとが、ほぼ同じ刹那のことだった。

「大丈夫か、朔？」

「は、はい」

「奴らに、金をせびられたのか？」

「はい。いきなり刃物を見せびらかして、『命が惜しけりゃ、有り金残らず寄越しな』と、申しました」

「人が大勢集まる場所には、ああした悪人も寄ってくる。気を抜いてはならぬぞ」

「はい」

「怪我はないのだな？」

「はい。殿がいらしてくださいましたので……危ないところを何度もお救いいただき、有り難うございます」

あれほど切なる悲鳴を上げ、怯えていた割には、別人のように落ち着いた口調で答える朔之進に、多少の違和感を覚えぬことはなかった。

だが、その違和感の正体がなんであるかを突き止めるより先に、

「殿様」

朔之進が、久通に向かって言う。

「ん？」

「申し訳ございませぬ」

深々と項垂れ、朔之進は詫びる。

「どうした？」

「なくしてしまいました」

不審げに小眉を顰めつつ、久通は問い返す。朔之進が何を言い出すのか、全く、見当もつかない。

「いまの騒ぎで……」

だが、朔之進の口は重い。

「だから、なんだ？」

久通は答えを急かす。

見当がつかないのだから、仕方ない。

「言わねばわからぬではないか、朔」

再度強く追及されたことで、観念したのか。

「実は……」

朔之進は、漸くその重い口を開いた。

「なんだ？」

「殿のお着物を包んでおりました風呂敷を、なくしてしまいました」

「荷が重くなりましたので、境内に入りますとき、御山門のすぐ近くに一旦おろしました」

「なに？」

「なんだと！」

「も、申し訳ございませぬッ」

久通の剣幕に、朔之進は忽ち平伏せんばかりの恐れ入りようだ。

「山門のあたりは人も少なく、誰も、風呂敷包みなど気に止めることはないだろうと思い……ま、まさか、盗まれるとは夢にも思いませなんだ」

「盗まれたのか？」

「はい。それを確かめるために山門に向かい、荷が消えていることに動顚（どうてん）しているところを、地回りに……」

「なんと……」

久通はさすがに絶句した。

朔之進の懸命に語る言葉が嘘であるとは思わない。もとより、真実であろう。だが、真実であるからといって、容易に受け入れられるものではない。

「或いは、落とし物かと思い、中を改めたところ、上等な熨斗目なので、親切なお人が番屋に届けてくれたかもしれませぬ。……これより、近くの番屋に行ってみます」

久通の沈黙とその顔色から、徒ならぬものを感じ取り、朔之進は懸命に言い募ったが、

「いや、無駄だ」

久通は力なく首を振った。

(上等な着物をわざわざ番屋に届けるほど親切な者など、お前の故郷なら兎も角、この江戸には一人もおらぬぞ)

身も蓋もない言葉は心中密かに呟き、久通は口を閉ざした。

役宅に帰還することを思うと、鉛でも呑み込んだかのように心が重かった。

(折角浪人風体を装ったのに、このまま屋敷に戻ったのでは、何の意味もないではないか)

心の中でだけ本音の叫びを発したときには、最前あれほど感動した焼き蛤の美味しさすら、忘れてしまいそうだった。

第二章　たちこめる暗雲

一

父・久隆（ひさたか）が急死したため僅か十二歳という若年の久通が家督を継いでから、三十年ほどが経つ。

ろくに、父の死を悲しんでいる暇もなかった。なにしろ、剣の修行一筋で育ってきた久通が、今日から旗本の当主だというのだ。殿中での作法一つとっても、覚えるのは大変だった。

家督を継げば、即ち将軍家に拝謁する。

しかる後、旗本当主に相応（ふさわ）しいお役を拝命することになる。しかし、当時の久通はまだ元服前の若年であったため、数年は無役のまま成長を待った。

十七になった年、亡父と同じく、西丸書院番に任じられた。

本丸の書院番が将軍の身辺を護る親衛隊であるのと同様、西丸の書院番もまた、西丸の主人である将軍家世嗣（せいし）の身辺を警護するのが主な役目だ。

本丸と同じく全部で四組から成り、ご世嗣が外出する際にお供をする供番、城内に常駐する勤番、大手門の警固等の役割を、持ち回りで勤める。

一度登城すれば七日目までは休まず城内で勤め、八日目に明番がくる。

城勤めは、兎に角窮屈な作法と儀礼の繰り返しで、若い久通にとっては苦行でしかなかった。

「よいか、久通、我ら旗本はなにがあっても、上様をお護りする。それが務めだ。……そのことだけを…心せよ」

下城途中で唐突に倒れた父が、死の床で懸命に言い残した最期の言葉は、久通の耳朶（じだ）に深く染み入った。

「よいな、久通、忘れてはならぬぞ……」

母を知らずに育ち、その寂しさを埋めるように久通に剣を教えてくれた師でもある父の言葉を、忘れられる筈がなかった。

それ故、右も左もわからぬ状態ながら、久通は夢中で勤めた。

「年若いそなたには、城勤めは気詰まりであろう。どうだ、帰りにちょっと、つきあわぬか？」

あるとき、番頭の内藤大炊助から、下城後に誘われた。

新参者にとって、古参の先輩――それも指揮官の言葉は絶対である。もとより、否やは言えない。てっきり酒でもつきあわされるのだろうと思ったら、内藤が久通を連れて行ったのは、意外にも両国広小路界隈の盛り場であった。

（なんだ、これは……）

いかがわしい見世物小屋に大道芸、のぞきからくり等、そこには、それまで久通が、全く知らずにきた世界があった。

だが、内藤が本当に誘いたかったのは、広小路のあちこちに店を開く、屋台の食べ物屋のほうだった。

「ほれ、食うてみろ」

と、目の前に差し出された屋台の天麩羅屋の芋天を、訝りながらもひと口食べた瞬間の、

「………！」

その熱さと、熱さのあと、忽ち口中に広がった豊かな芋の甘味は、到底忘れられな

い。

　そのあまりの美味さは、若い久通を驚かせた。

「こ、これは……」

　久通の母は父よりも前に亡くなり、その後父は後妻を娶ることもなかったため、柳生家の台所は、用人の半兵衛と下働きの者たちによって切り盛りされてきた。料理に無縁の気難しい爺と、気のきかぬ中年男たちが作る食膳だ。期待できようわけがない。

　ただ腹を満たすためだけの味気ない食事しか知らなかった久通にとって、その揚げたての芋の天麩羅は、格別の味わいであった。

「こ…このような美味が、この世にあろうとは……」

「気に入ったか。よしよし、ならば、この小鰭の鮨も食べてみるがよい」

　促されるままに、その小さなにぎり鮨も口に入れた。口にするなり、

「………」

　久通は絶句した。

　口の中で、柔らかく握られた酢飯が忽ちほぐれ、ほどよい歯ごたえの小鰭とともに口腔の奥へと飲まれていった。

「どうだ？」

「大変美味しゅうございます。酢の加減も絶妙で……」

「そうだろう」

「ですが……」

「なんだ？」

「このように美味いものを、町人どもは毎日口にしているのでしょうか」

「………」

　久通の言葉に、内藤は容易く言葉を失った。

「これほど美味しいもの、或いは、上様でも口にしたことは――」

「これこれ」

　言いかけるのを、内藤に軽く窘められた。

「滅多なことを言うものではない。畏れ多いぞ」

「は、はい。申しわけありません」

「まあ、上様の御膳は別としても、少し懐の豊かな町人であれば、確実に儂らよりも美味いものを食べていような」

「………」

「武家の台所など、どこも味気ないものじゃろうが、儂の女房は、とりわけ料理が下へ手でな。贅沢は言えぬから我慢しているが、たまには息抜きも必要じゃ」

「息抜き、でございますか？」

「屋台の料理は安くて美味い」

「はい」

久通は即座に同意した。芋の天麩羅が一つ四文、鮨が八文であることは、最前内藤が金を支払うところを見ていたので知っている。その安価すぎることに驚いた。

「八百善のような料亭に、屡々出入りすることは到底かなわぬが、屋台でも、料亭と変わらぬ——いや、それ以上に美味いものが食える」

「はい」

内藤の言葉に肯きつつ、久通は自らも銭を支払い、二つめの天麩羅を買い求めた。ひと口大に切られた食材の名がわからぬため、「その右から二番目の」と注文したのが茄子であったと知ったのは、それからしばらく経って後のことである。家では専ら、漬け物か、味噌汁の具に使われるだけの茄子が、天麩羅になると、こうも違うものかと、久通は内心舌を巻いた。

番頭の内藤からは、その後も度々誘われ、市中の屋台めぐりを楽しんだ。

だが、回を重ねるうちに、自分一人で新たな屋台を開拓してみたい、との思いが募るようになった。内藤が連れて行ってくれる屋台に間違いはないが、おそらく江戸市中には、広小路のような盛り場や、大きな神社仏閣の門前以外でも商売している屋台が無数にある。そんな無数の屋台の中にも、屹度美味い店はある筈だ。

その結果、久通は非番の度に単独で市中を出歩き、美味い屋台の情報を聞きまわった。

おかげで、畏まった紋付き袴の武家姿では気安く話せぬ町人たちとも、冴えない素浪人ならば容易くうち解けることができる、という知恵もついた。

そのため久通は、古着屋で買い求めた粗末な着古しの小袖で浪人風体を装い、屢々市中を出歩いていたが、一昨年、小普請奉行に出世した頃から、用人の半兵衛が露骨に嫌な顔をするようになった。

「よいご身分の御方が下々の集まる屋台に入りびたるなど、みっともない」

「よいではないか、別に——」

久通はその度、苦笑いでお茶を濁していたが、

「お前たちの作る不味い飯を、文句も言わずに食べていられるのは、屋台で息抜きしていればこそなのだぞ」

喉元まで出かかる言葉は、かろうじて間際で呑み込んだ。

早くに母を亡くし、次いで父も亡くした久通にとって、半兵衛は母であり父のような存在だった。それに、久通に対する忠誠心の強さを考えたら、決して無下に扱ってよい相手ではない。

それ故半兵衛の言うことには、できる限り逆らわないようにしてきた。

此度突如北町奉行に任じられ、奉行所内の役宅に引っ越した。御門の内でもあり、そうそう気安く市中に出ることはかなわない。慣れぬ役目に追われ、しばらくは広小路あたりをうろつく暇もないだろう、と思われた矢先、朔之進が現れた。

「私に剣を教えてください」

と一途に頼み込んでくる朔之進に正直辟易していたが、

（しかし、こやつを屋敷におくのは存外悪くないかもしれぬ）

久通は思い返した。

実際、朔之進はその童顔とは裏腹になかなかに気が回り、久通の役に立ってくれた。

その一つが、屋台めぐりの際の裏工作である。屋敷内で浪人の装束に着替えた場合、出かける直前で半兵衛に見つかってしまう確率が高い。見つかれば即ち、止められる。止められても、強引に押し通るのは久通の自由だが、できれば久通は、親代わりとも言える半兵衛と揉めたくはない。

それ故、自らは通常の武家装束のまま奉行所の脇門から表へ出、人気のない路地奥で、朔之進が持ってくる衣裳に着替える、という策を思いつき、何度か実行にうつした。

久通の策は功を奏し、半兵衛に見咎められることなく外へ出て、市中の屋台をまわることができた。

あまりに易々と事が運び過ぎて、些か調子に乗っていたのかもしれない。

（まあ、盗まれてしまったものは仕方ない。折角だから、源助の蕎麦を食って帰ろう）

幾分項垂れつつも、久通は朔之進を先に帰し、自らは濱町河岸界隈まで足を伸ばした。朔之進を先に帰したのは、一緒に出歩いていたことを半兵衛に悟らせないためと、それ故の半兵衛の叱責から朔之進を庇うためにほかならなかった。

源助の二八蕎麦屋は、縁日の神社の境内や門前などには店を出さず、大抵、通りからは少し外れた場所にある武家屋敷の裏門などで商売している。

競争相手である他の屋台がないところを選んでいるのかもしれないが、裏通りでは人足も少ないのではないか。当初久通は危惧していたが、杞憂にすぎなかった。

大きな武家屋敷には、その家格に見合うだけの人数の使用人がいる。若い使用人の多くは、屋敷で出される粗末な食事では到底足りず、屡々外で買い食いをする。一杯十六文で腹を満たせる屋台の蕎麦は、彼らにとっても有り難い。ましてや、美味いとなれば、なおさらだろう。

「おや、旦那。お久しゅうございますね」

久通の顔を見ると、源助は僅かに笑顔を見せたが、すぐ目の前の客に向き直り、

「お待ちどおさま」と、蕎麦の丼を差し出す。それきり、久通のほうに視線を向けることもしない。無言で、先客たちの蕎麦を作り続ける。早十年近くに及ぶつきあいにしては些か素っ気ないものだが、仕方ない。所詮屋台の店主と客のつきあいなど、その程度のものだ。それ故にこそ、気安く足を向けることもできるし、暫(しばら)く無沙汰をしても悪いとは思わない。

源助に対して、勿論久通は己の名も身分も明かしてはいない。これから先も、決して明かすことはないだろう。やがて、

「へい、お待ち」

と差し出された丼を久通は無言で受け取り、きっちり十六文を支払った。

(相変わらず、美味い)

　だが、湯気のたちのぼる薫り高い蕎麦を啜りながら、久通がしみじみとその味を嚙みしめたとき、

「なんだか浮かない顔ですね」

　珍しく、源助のほうから声をかけてきた。

「え？」

「いえ、旦那の顔があんまり冴えねえもんで、つい……」

「そ、そうか？」

「ええ、まるで女房に出て行かれたばっかりの亭主みてえですぜ」

「ハハ…残念ながら、俺にははじめから女房はおらん」

「え？　そうなんですかい？」

　苦笑混じりの久通の言葉に、源助は明らかに戸惑っていた。

　ふと気づけば、既に屋台の前には久通しかおらず、どうやら客足は途絶えたようだった。それ故源助も、店終い（みせじま）の片付けをしながら気安く話しかけてきたのだろう。

「さすがによく売れておるな。これから夜の分の仕込みか？」

「いえ、今日はもう、これでしまいです」

「相変わらず、商売気がないのう。五ツ過ぎに武家屋敷をまわれば、腹を空かせた中

間・若党が競って食いに来るだろうに」

「いいんですよ。あっしも、旦那と同じ独りもんですからね。てめえ一人が食ってくぶんさえ稼げりゃあ、それでいいんです」

「なるほどのう」

源助の言葉に、久通は内心大いに感じ入った。

己一人が食べていけるだけのものを稼げばよいとは、なんと潔い考えであろう。

感じ入った途端、つい思いついた言葉が口をついた。

「ならば源助、いっそ、奉行所の近くで商売をしてはどうだ？」

「え？」

「奉行所ならば、与力や同心、それに役宅勤めの下働きやらまで、腹をすかせた連中が大勢いるぞ。いつ店を出しても、忽ち売り切れだ」

久通は得意気に提案したが、

「ご冗談を」

源助は軽く一笑に付した。

年の頃は五十前後。平凡で柔和な顔立ちの男だが、笑うと何故か隙のない顔つきになる。

（何故だろう？）

常々不思議に思っていたが、

「お奉行所といえば、南も北も、お歴々のお屋敷が建ち並ぶ、お壕の内じゃありませんか。畏れ多くて、あっしら風情が近づけるもんじゃありやせんよ」

意味深な笑みを口辺に浮かべていながら、実はその目が全く笑っていないということに、久通は漸く気がついた。

（こやつ、ただの屋台の蕎麦屋ではないのかもしれぬ）

気づいた瞬間、源助の、よく見れば存外鋭い切れ長の瞳に捕らえられ、

――いくらお奉行様のお頼みでも、それは無理な相談ですぜ、

と言い聞かされているようで、束の間久通は慄然とする。

かれこれ十年近く、月に二～三度、多いときなら五～六度は顔を合わす仲でありながら、互いに不必要な無駄口は一切きかない。互いに相手を、なんらかの訳ありではないかと察していながら、気づかぬふりをする。言葉は交わすが、余計な穿鑿はしない。阿吽の呼吸でそれができていたのだから、或いは源助が久通の正体を見抜いていたとしても、不思議はなかった。

（これまでは特段奇異にも思わなかったが、よくよく考えてみれば、武家屋敷の裏口

にばかり店を出すというのも、妙な話ではないか。……或いは、赤穂の浪人の如く、なにか目的があって蕎麦屋に身を窶しているのではないのか？）

「ところで旦那」

久通が心中彼の素性を穿鑿しはじめたことなどまるでお見通しだとでも言うように、源助が、ふと口調を変えて呼びかける。

「この前一緒にいらした若いお連れさま、お父上の仇を追って江戸に来られたそうですね」

「ああ、よく覚えていたな」

平静を装って応えつつ、久通の内心は更に激しく揺らぐ。

「これでも一応客商売ですからね。……その仇の…沼間井さん、といいましたっけね？」

「ああ、沼間井剛右衛門だ。……仇の名まで、よく覚えているな」

「なんですか、気になったことは金輪際忘れねえタチなんですよ。…その沼間井ってお人かもしれねえ御仁が、ほんの数日前、あっしの屋台に蕎麦を食いにきたんですよ」

「え？」

久通はさすがに箸を止め、絶句する。

「な、何故その御仁が沼間井だと思うたのだ？」

「連れのお方がそう呼んでましたんで……『沼間井』という名に聞き覚えがあったのと、そのお人の人相とかご様子が、あのときのお連れさまのお話のとおりでしたので……」

「………」

久通は無言で源助の顔に見入った。

源助の言うことがもし事実だとすれば、その記憶力と観察眼は、並大抵のものではない。

（矢張り、徒者ではないな）

一度芽生えた疑惑は、膨れあがる一方である。

「それで、その…沼間井と思われる男と連れはどのような話を？」

「それが――」

源助は周囲を窺いつつ、ふと声をおとす。

「はじめのうちは、金の話をしてましたね」

「金の話？」

「ええ、『うまくいけば、大儲けできる』とか、『百両にはなる筈だ』とか……」

「ふうむ……またぞろ、どこぞのお屋敷の宝物蔵でも狙っているのかな」

「それが、もっと物騒なことも言ってたような気がするんですよ」

「どんな物騒な話だ？」

「あっしも、全部聞いてたわけじゃねえんですが、『風の強い日に火をつける』とかなんとか……」

「なんだと⁉」

「い、いえ、はっきりそうとは言い切れねえんですが……」

そのとき即座に問い返した久通の語気の強さに、源助は僅かにたじろいだ。

が、たじろぎ、焦った様子を装いながらも、

「『確実に御門を燃やさねば意味はない』とか、『失敗すれば、命はない』とか、そりゃもう、あっしらの思案に余るような話でしたんで、話半分にせよ、忘れられなかったんでござんすよ」

かなり冷静な口調で源助は述べた。

（御門を、燃やすだと？）

久通は久通で、源助が述べた内容に衝撃をうけ、すっかり言葉を失っている。

「………」

しばし沈黙した後、

「それで、沼間井とその連れが訪れたのは、この場所だったのか？」

久通は漸くその問いを発した。

「いえ」

源助は即座に首を振った。

「あの日は確か、向柳原（むこうやなぎはら）…いえ、御徒町（おかちまち）の…藤堂（とうどう）様のお屋敷のあたりに店を出させていただいてたと思います」

「藤堂様？　どの藤堂様だ？」

「さあ…どの藤堂様かまでは……とにかく、門構えのご立派なお屋敷が並んでましたので、そこいらなら、よい商売になるんじゃねえかと思いましてね」

「いつもそのあたりに店を出しているわけではないのか？」

「あっしがいつも店を出すのは、旦那もご存じのように大抵このあたりですよ。でもたまには別の場所へも行ってみてえと思うじゃありませんか」

「まあ、それはそうだな」

源助の言い分に、久通はあっさり同意した。

毎日毎日判で押したような日常を過ごしている久通には、たまには別のところへ行ってみたい、という気持ちが容易く理解できた。

「まあ、それもこれも…もうかれこれ四、五日前のことなんで、違ってましたら、本当に申し訳ねえんですが……」

「いや、そこまで覚えていてくれたとは、素晴らしい」

久通は手放しに賞賛し、

「屋台の店主が皆、お前のようなら、奉行所の同心たちもさぞかし有り難がることであろうよ」

更に、とどめの言葉を吐いた。

心の底からの本音であった。

奉行所の同心たちは、殺しや盗みや火付けなどの事件が起こるたび、なにか有力な目撃情報はないかと、それこそ身を粉(こ)にして市中を走りまわる。そんなとき、源助のように有能な目撃者がいてくれれば、調べは、容易く運ぶことだろう。

「またな」

だが久通は、己の胸中に湧き起こるあれこれを封じ込め、至極あっさり、源助と別れた。問いたいこと、知りたいことはまだまだ山ほどあるが、無闇矢鱈(むやみやたら)と問い詰めてこれまでのつきあいを反故にしてしまうのはあまりに惜しい。久通の素性を薄々察しながらも知らぬ素振りをし、尚かつ有力な情報をもたらしてくれた源助のことを、いまは敵と見なしたくはなかった。

(源助は一体何者なのだろう。ただの蕎麦屋とは思えぬが)

ということを考えはじめると、久通の脳裡には忽ち、

(源助が言ったことは本当なのだろうか)

という一つの疑問が湧き、結局混乱するばかりであった。

手伝ってやる、と荒尾に請け負ったとおり、市中の屋台をまわりながら、火付けの下手人についての情報を得るつもりではあった。

ひととおり、人々の噂話を小耳に挟み、あとは目的の源助の蕎麦を食べて帰宅するだけの筈だったのに、まさかその源助から、とんでもない情報を提供されようとは

——。

(わからん。……なにがどうなっているやら、全くわからん)

混乱した結果、久通はどうやら帰り道を間違えたらしい。

気がつくと久通は、奉行所とは正反対の赤坂御門近くにいた。

（なんだ、ここは――）

周囲は既に真っ暗く暮れ落ちている。

何刻くらいになるのだろう。濱町河岸で源助の蕎麦を食べ終えたのは確か暮六ツ過ぎくらいだったが。

（いつのまにこんなところまで……。とんだ、遠回りではないか）

久通はつと我に返り、自分がぼんやり歩いていたのが表伝馬町あたりだと気づいて大いに慌てる。

（この先は…確か、牢屋敷ではなかったか？）

覚束無い足どりであまり土地勘のない町並みを歩いていると、ふと、前を行く不審な者たちの黒い人影が目に入る。

人影は全部で五つ。人目を憚るように闇を好んで進み、その足どりはピタリと揃っている。

（闇に紛れる黒装束の者が五人、この時刻に一体何処へ向かうつもりだ？）

疑問に思った瞬間、久通の足は無意識に彼らのあとを追っていた。

彼らが何者で、何処へ行こうとしているのか。そんなことは、考えずとも、自ら確かめればよい。思案するまでもなく、そのとき久通の足は勝手に歩み出していた。

二

「聞きましたか、和倉さん」

同心溜りの前を通り過ぎようとしたとき、中から若い同心の三木一之助が飛び出してきて、狎れ狎れしく和倉藤右衛門の袂を摑んだ。

「なんだ」

不機嫌な渋面で和倉は応じる。

一之助の亡父とは三十年来の友であり、一之助のことも、彼が生まれたときから我が子同然に慈しんできたから、つい狎れてしまうのは仕方ない。それ故に、一之助が初出仕した二年前から事ある毎に、少なくとも奉行所にいるあいだくらいは、平同心の立場を弁えろ、と厳しく言い聞かせてきた。

和倉が根気よく言い聞かせた甲斐があって、平素は一之助も言葉遣いに気をつけ、極力狎れ狎れしいそぶりは控えている。

だが、一度興奮すると、忽ち前髪立ちの少年の頃に戻ってしまうのだから、困ったものだ。

「お奉行様が……先月御着任されたばかりのお奉行様が……」

「ああ、そのことか」

終始渋い表情のままで、和倉は応じた。

奉行の身や奉行所内でなにか異変が生じれば、たとえ夜間であっても、与力の許へは報せがくる。ましてや和倉は筆頭与力である。

「もとより、儂は与力だ。知らぬ筈があるまい」

殊更重々しい口調で言ったつもりだったが、興奮した一之助には全く通じない。

「そうですよね、そうですよね。与力のおじさんに、報告がない筈がありませんよね」

遂には「おじさん」呼ばわりである。

「それで、和倉さんはどのようにお聞きになりました、昨夜のお奉行様のお手柄？……なんでも、たったお一人で、盗賊五人を生け捕りになされたとか」

「ああ、そのようじゃな」

「本当なんですか！　すごい！」

一之助は無邪気なはしゃぎ声をあげた。

「やっぱり本当なんですか、和倉様」

すると、他の同心たちも、続々と同心溜りから飛び出してきて、すかさず話に割り込んでくる。

一之助は未だ二十歳そこそこの若僧だから仕方ないとしても、同心たちの中には、当然三十四十の分別盛りの者もいる。

それが、昨日まで昼行灯扱いしていた成り上がり奉行の手柄話に興奮し、華々しい武勇伝の全容を知ろうと、躍起になっていた。

(なんなのだ、こやつらは――)

和倉は心底辟易した。

そもそも和倉は、奉行・柳生久通が自ら賊を捕らえたという報告も、眉にツバする思いで聞いている。

「なんでも、浪人姿に身を窶して市中を見廻っておられたところ、たまたま賊が盗みに入ろうとしているところに出くわされたとか?」

「お奉行様は、常日頃から、浪人姿で自ら市中の見廻りをなされているのですか?」

「しかし、見廻りのお勤めならば、我らも日頃から励んでおるつもりです。ですが、なかなか、賊が盗みに入ろうとするところへ出くわすことなどありませぬ」

「ご老中直々に抜擢された御方は、やはり違いますなぁ」

「いや、ご老中も、その才を見抜いておられたからこそ、抜擢なされたのでございましょう」

聞こえよがしな賛辞は、この時刻なら、奉行の執務室である吟味所にいるであろう久通の耳に届かせようとの目論見(もくろみ)であろう。

(あさましい根性だ)

和倉は心中何匹もの苦虫(にがむし)を嚙み潰す。

「そういえば、お奉行様は、一刀流の使い手だそうですね」

「ああ、そうらしいの」

変わらぬ渋い表情で、和倉は応じる。

上役である与力の和倉がここまで渋い顔をしていれば、多少は忖度(そんたく)すべきなのに、愚かで無知な同心どもは、全くなにも、察していない。それがなお腹立たしい。

「さすがでございますね」

「こうなれば、我らもお奉行様から一手御指南いただくべきかもしれませぬ」

「それで賊を捕らえられるのであれば、お頼みしてでも御指南いただかねば」

それどころか、これでもかとばかりに、奉行の柳生久通を褒めそやしていた。

(昨日まで、やれ成り上がりの、昼行灯だのとさんざんに悪口を言っていたくせに……」


忌々しく思いながらも、和倉藤右衛門はそれらの感情を少しも表には見せず、ただ、

「方々、そろそろ退いてくれんか」

同じ表情のままで淡々と言葉を述べた。

「吟味所でお奉行様がお待ちかねなのでな」

「これは、とんだ失礼を」

「相済みませぬ」

「どうぞ、和倉様」

同心たちは口々に言い、或いは頭を下げて和倉のために廊下をあけた。

「お奉行様をお待たせするわけにはゆかぬ故」

聞こえよがしに口走りつつ、和倉が向かう先は、いつもの与力詰所ではなく、仮牢の手前にある吟味所であった。

そこで、昨夜奉行の久通が自ら捕らえた賊たちの吟味が行われる。

そのため和倉は、いつもより半刻も早く奉行所に参上したのだ。

通常、下手人を捕らえたら、捕らえた場所から最も近い自身番屋にその身柄を拘束し、そこに常駐する目明かしや定廻りの同心によって身元や事件のあらましなどの下

調べが行われる。次いで大番屋へ身柄を移され、更に詳しく取り調べられる。

　罪状がほぼ明らかとなったこの時点で、町奉行に対して入牢証文が申請され、認められれば即ち牢屋敷へ送られる。入牢してもなお反抗的な態度をとる者、罪を認めようとせぬ者に対しては、町奉行から老中に対して拷問の許可を求める申請が為され、許可が下れば責石等の拷問が行われる。というのが、下手人を捕らえた際の一連の流れだ。

　しかし昨夜久通が捕らえた賊たちは、付近の自身番でひととおりの聞き取りをした後、久通が奉行の権限で連れ帰り、奉行所内の仮牢に入れてしまった。

（まったく、勝手なことを……）

　その報せを受けたとき、和倉は当然激しく憤った。

　と同時に、焦りもした。

　それ故昨夜はよく眠れなかった。

（奉行が捕らえたという賊どもが、或いは、火付けの下手人であったなら……）

　と思うと、和倉藤右衛門の心中が穏やかならぬのは当然だった。

（一体何をしでかしてくれたのだ）

　報せを受けてから、絶えず最悪の想像をしながら奉行所へ来た。

来てみて、一層の衝撃を受けた。

まさか、自らと一心同体であった筈の同心どもがこれほど色めきたっていようとは、夢にも思わなかった。

(奉行がたまたま捕らえた賊どもが、本当に火付けの下手人であれば、これまで我らが地道に為してきた勤めのすべてが否定されてしまうではないか)

和倉にとっては、それがなにより口惜しく、我慢ならなかった。

町奉行所の与力として勤めて三十年余。その間、筆頭与力として数多くの手柄もあげてきた。そんな、自らの過ごしてきた歳月が、すべて無駄になってしまうのではないか。

(まさかそんな……いや、絶対にあり得ぬ)

その逡巡が、吟味所へ向かう和倉の足どりを、自分でも信じられぬほど重くしていた。

三

部屋の前に立ってからも、なおしばし逡巡し、

「お奉行様」

和倉藤右衛門は必死で声を出した。

「和倉でございます」

ふりしぼるような声音であったが、

「ああ、和倉。すまぬな、早くから呼びつけて」

久通の返答は至極普通で、和倉は忽ち気抜けしてしまう。しかも、

「入れ」

促す言葉とともに、不意に襖が開かれた。久通自らが席を立ち、開いたのだ。

「お、お奉行様」

和倉は焦った。

焦った時点で、完全に気後れしている。気後れした和倉の脳裡には、もとより、五人の賊を瞬時に斬り伏せる久通の勇姿が過っていた。

（クソッ）

そのことが、和倉には自分でも忌々しい。

「恐れ入ります」

内心の狼狽を必死にひた隠しつつ部屋に入り、久通の席の手前に腰を下ろした。

腰を下ろし久通に向かって一礼してから、

「それで、お奉行様が捕縛なされた賊どもというのは……」

遠慮がちに問おうとすると、

「《中井（なかい）》の久次（きゅうじ）とやらいう盗賊の名を、和倉は知っているか？」

まだ言い終わらぬところで、久通が性急に問うてきた。

「は？　なんと仰せられました？」

「《中井》の久次だ」

「《中井》の久次、でございますか？」

鸚鵡返し（おうむがえし）に、和倉は問い返す。

拍子抜けするほど、彼にとっては意想外の問いであった。《中井》というのはおそらく何処かの地名であり、それが名の前につくのは二つ名——要するに賊の通り名だ。生まれ在所の地名を通り名に使っている盗賊など、数えきれないほど存在する。

「知らぬ名か？」

「はて……」

重ねて問われ、だが和倉はふと考え込んだ。久通の真剣な目に見据えられると、こちらも真剣に考えぬわけにはゆかぬように思え、和倉は懸命に記憶を辿る。

（《中井》の久次？）

その名に聞き覚えがなかったか、懸命に、己の記憶を掘り起こさんと努めた。

（はて、《中井》の久次？……ありふれた通り名だ。……なんなら、二、三十人の久次はいそうだぞ）

と思った次の瞬間、

（いた！）

和倉の脳裡に閃光の如く過るものがある。閃くと同時に、

「ああ！」

思わず短い叫びを発した。

「どうした、和倉？」

久通も思わず身を乗り出す。

「その者、まことに、《中井》の久次と名乗りましたか？」

「ああ」

「だとすれば、とんでもない騙り者でございます」

「なに？」

「それがし、いまより三十年ほど前、この手で《中井》の久次なる賊を捕らえたこと

言葉にするにしたがい甦ってくる己の記憶に助けられながら、和倉は述べた。

「なんだと！　それはまことか？」

久通は忽ち仰天する。

「はい。当時は、それがしも出仕してまだ数年の若造でございました。それ故、しかと記憶してございます。……あれは、宝暦七年の……大洪水のあった年のことでございます」

記憶を辿り辿り、和倉は言う。

「宝暦七年の大洪水の年か」

と一応口裏を合わせるものの、久通が十二歳の折のことだ。父が急死した年でもある。その年、大雨が続いたため関八州のいたるところで大洪水が起こったということを、知識の一つとして知ってはいても、明和の大火のときほどの実感はない。

だが和倉は、なにか思うところがあったのか、遠い目をして語り出す。

「あの年は、そもそも東北の飢饉の影響で、食いつめた者たちが大勢、江戸に入り込んできておりました。……《中井》の久次もそんな一人だったのだと思います」

「……………」

久通は仕方なく無言で和倉の言葉に聞き入る。

「ですが、食いつめて江戸に来たからといって、おいそれと仕事にありつけるわけではございませぬ」

「そうだろうな」

「彼らは皆、江戸市中をさ迷う浮浪者となって道行く者たちに施しを請い、しかし充分には得られず野垂れ死ぬか、或いは悪事に手を染めることになります。《中井》の久次は後者でございました。はじめのうちは空き巣やかっぱらいなど、軽微な罪にはじまり、次第に賊の渡世に馴染んでいったのでしょう。……《中井》の久次は、遂に仲間数人とともに白昼小間物屋に押し入りました」

「何故白昼押し入ったのだ？　押し込みは通常夜間に行うものではないのか？」

「それほど、窮していたのでございましょう。それ故あっさり捕らえられ、牢に入れられ、結局遠島となりました」

「流刑地はどこだ？」

「さあ、そこまでは……さすがに思い出せませぬ」

「その…そちが捕らえた久次は、その当時いくつであった？」

ふとそのことに思い至り、恐る恐る久通は問う。

「それも、しかとは覚えておりませぬが、あの当時で、おそらく四十は過ぎていたかと思われます。田舎での暮らし向きに疲れ果てていたのでしょう。見た目だけなら、五十過ぎと言われても不思議ではない風貌をしておりました」

「四十か」

久通は無意識に呟く。

三十年前に四十を過ぎていたとすれば、ざっと計算しても既に七十に達している筈だ。しかるに、昨夜久通が捕らえた《中井》の久次は、どこからどう見ても、四十かそこら——少なくとも、久通よりはるかに歳がいっているようには見えなかった。

「それで、その《中井》の久次を名乗る者を、お奉行様は如何なる罪状にてお取り調べになられます？」

「押し込みだ」

重い口を開いて、久通は応える。

「押し込み、ですか？」

和倉は殊更に意外そうな顔をし、

「火付けではないのですか？」

態とらしく問い返した。

明らかに、久通をいたぶる目的である。

「昨夜、久次と他四名の者が、赤坂新町の商家へ押し入ろうとしているところへたまたま出会し、捕らえた」

殊更手柄を誇っているでもない平淡な口調で久通は言い、更に言い訳めかしく言葉を次ぐ。

「だが、あの者たちが火付けに関わっていないと決まったわけではない。それ故、奉行所に連れ帰り、厳しく詮議をさせたのだ」

「それで、なにか火付けについて自供いたしましたか？」

「…………」

当然の如く発せられた和倉の問いに対して、久通は容易く沈黙した。

いくら自ら捕らえた賊とはいえ、奉行である久通が直接彼らの取り調べを行うわけではない。久通自身は、この部屋——つまり、吟味所にいて、実際に取り調べを行った与力や同心からの報告書に目を通すのだ。

だが、朝一でもたらされた報告書は、久通にとって、必ずしも喜ばしい内容ではなかった。

（押し込みをしようとしたことは認めるが、火をつけるつもりは全くなかった、だと？）

久通は焦れた。

いっそ、自ら取り調べを行いたい、とすら思ったところへ、和倉が来た。

久通に対して批判的な和倉ではあるが、与力として積み上げてきた長年の経験には、久通とて一目置いている。

それ故、或いは、和倉ならばその名を聞いてなにか奇跡的に思い当たることはないかと考え、

「《中井》の久次という名に聞き覚えはないか？」

と訊いてみた。

「おお、その者ならば、よく存じております。火付けの常習犯でございます」

という、奇跡の返答が返ってくることを期待して。

が、久通の一縷の希望は虚しく砕け散った。

長々と和倉が語った、かつての《中井》の久次の身の上話については、久通はただ無言で聞き入っているしかなかった。聞きながら、不思議に思った。何故和倉は、三十年も前に遠島になったこそ泥のことを覚えていて、鮮明に語ることができたのだろう。

果たして、源助同様、恐るべき記憶力の持ち主なのか。もしそうだとすれば、下手人を捜して捕らえるという職務に於いて、記憶力のよさは必須条件なのだろうか。

(だとしたら、俺には無理だ。……俺など、昨日の屋台で同じ列に並んだ者たちの顔すら、全く覚えておらぬわ)

己の非力に嫌気がさし、久通はしばし押し黙った。

「それで、お奉行様は、久次らをどうするおつもりなのですか？」

沈黙の長さに耐えかねたのか、和倉がふと口を開く。しかも、久通にとっては耳に痛いばかりの問いだった。

「…………」

「それがしの知る久次も、押し込みにて捕らえられ申した。同じ《中井》の久次を名乗る者が同じ罪にて捕らわれるとは、因果は繰り返すとの古諺どおりでありますな」

そのとき、咄嗟にするすると言葉が口をついたのは、さすが老練の和倉故であろう。久通と反目する立場の和倉とて、長年奉行所に勤めてきた与力である以上、久通の面目を潰して物笑いの種にしようなどというつもりは毛頭ない。

成り上がりの昼行灯と蔑んでいたが、自ら微行して市中の探索にあたるなど、職務への熱意は認めてもいい。

和倉の知る限り、これまで、そんな町奉行は一人もいなかった。

それ故、

「しかし、その久次は、それがしの知る久次とは、どうやら別人のようでございますな」

柄にもなく、追従めいた言葉すら述べた。

敵に塩を送るが如きその優しさは、容易く久通の心に届いたのだろう。

「何人くらい…いるのかな」

和倉の労りの言葉に促されて、久通は無意識に呟いた。

「《中井》の久次を名乗る者が、でございますか？」

「ああ」

「おそらく、それがしの知る者も含めれば、優に二、三十人はおりましょうな」

「そ、そんなにか？」

さすがに辟易した顔つきで久通が問い返すと、

「はい」

あっさり肯きつつ、

（無理もない）

和倉は内心苦笑する。

「《中井》という地名も、久次という名も、ありふれております故」

「《中井》の久次だけで二、三十名もおるとすれば、天下に、二つ名を持つ悪党・盗賊の類は、一体どれほどおるのだ？」

「さあ……それがしの如き無知な者には到底見当もつきませぬが、かの『石川や』も、浜の真砂は尽きるとも世に盗人の種は尽きまじ、と申しておりましたくらいですから、それはもう、大変な数かと存じます」

途方に暮れた様子の久通を内心歓びつつ、大真面目な口調で和倉は答えた。

答えたときには、久通に対する自らの感情が少しく和らいでいることを、和倉は自分でも不思議に思った。少なくとも、一方的に部下に命じるだけでなく、自らも、自ら信じるもののために事を為そうとした久通を、「昼行灯」だとは思えなくなっていた。

四

昨夜たまたま盗みに入る途中の盗賊どもと出会し、これをあっさり捕らえたことに、久通自身が最も驚いていた。

顔まで覆い隠す黒装束に身を固めた者たちが息をひそめ、足並みを揃えて無人の路上を歩いている。どこから見ても、これから悪事を為すに違いない、怪しい賊の一団だった。

久通は彼らのあとを尾行け、そして決定的な瞬間を目にした。

行き着いた先のお店の戸を、皆で一丸となってこじ開けようとしたのだ。

「おい、なにをしている」

声をかけると、忽ち狼狽し、懐から得物を抜いてかかってきた。

「畜生ッ」

「やっちまえ」

と咄嗟に口走る言葉こそは威勢がよいものの、どの者も、大根一本真っ二つに切るのも難しそうな、なまくらな腕の持ち主たちだった。

それ故久通は、大刀を抜くまでもなく、全員の鳩尾へ当て身を入れ、瞬時に昏倒させた。

五人全員を倒し終えたところに、折良く夜間警邏中の定廻り同心が通りがかった。

同心の名は川村恵吾といい、年齢は三十半ば。稲荷町で貸本屋を営む牛五郎という目明かしを伴っていた。

彼らは幸い、久通の顔を見知っていたため、その後の処理を任せることができた。任せはしたが、最終的には伝馬町へ送らず、奉行所に連れて来るように、と指示した。お奉行様直々の指図である。逆らう筈もない。できれば、この縁を大切にして、久通に快く思われようとしたのだろう。

自身番屋、大番屋での取り調べもそこそこに、《中井》の久次を含む下手人五名を、北町奉行所に連れて来た。

「この者ども、押し込みの罪状にて取り調べてまいりましたが、お奉行様は、火付けを疑っておられるのですね？」

久次らを奉行所へ連れて来た川村は、意味深な表情を浮かべて久通に問うた。

当然、奉行所での取り調べを任されるものと思い込んでいるのだろう。

「お奉行様がそう望まれるのであれば――」

ちょいと痛めつけて、自白を引き出してご覧に入れますよ――。

口に出さずとも、川村の目には、ありありとそんな内心が漲(みなぎ)っている。

（まずいぞ）

川村の意味深な表情の意味を瞬時に理解した久通は、

「いや、そんなことはない」

きっぱりと否定した。

「奉行所に連れて来い、と言うたのは、折角自ら捕らえた賊故、取り調べの様子を見てみたいと思ったかったからだ。別に、火付けの下手人と疑っているわけではない」

「おや、そうなのですか？」

折角の申し出を否定された川村は些か心外そうに目を瞬く。

「ああ、それ故罪状どおり、押し込みの件にて取り調べよ。……だが、押し込みの取り調べを行ううちに、火付けについても匂わすようであれば、容赦なく……いや、丁寧に……」

「丁寧に、でございますか？」

「丁寧というか……その、あらゆる可能性を考慮しつつ、取り調べよ」

「はい、あらゆる可能性でございますね。心得ましてございます」

「但し、拷問はならぬぞ」

「え？」

「拷問するには、ご老中の許しを得ねばならぬ」

「それはそうですが……」

川村は明らかに不満そうであったが、

「兎に角、拷問だけは断じてならぬ。拷問をせずに、厳しく詮議せよ」

断固として久通は命じた。

もとより、老中の許可はあくまで建前で、牢屋敷ではかなりの頻度で拷問が行われているということを、久通も知っている。それ故、ここは是非とも、厳しく釘を刺しておく必要があった。

「よいな。構えて、拷問はならぬぞ」

「はッ」

強く念を押されたため、川村は畏まって拝命した。

しかし、結局は久通の仏心（ほとけごころ）が仇（あだ）となり、仮牢内での取り調べではかばかしい成果をあげることはできなかった。

《中井》の久次らは、押し込みを働こうとしていたことについては素直に認め、神妙に恐れ入ったが、火付けについては決して認めようとしなかった。

「本当のことを言わねば、罪が重くなるのだぞッ」

拷問を禁じられた川村は、懸命に言葉で脅し、

「白状するまで、お解き放ちはないぞッ。貴様らはくたばるまで牢の中だッ」

脅しに脅し、更には拷問用の杖でバシバシと床を叩いて威嚇したが、どうやら拷問されぬとわかった久次らは震えながらも黙りとおした。

相手は、大根一本まともに切れそうにない者たちだ。多少拷問していれば、或いは久通が望む自白を引き出せたかもしれない。

だが、拷問によって引き出された自白は、最早久通の望む自白ではない。

(仕方ない)

久通の諦めは存外早かった。

元々それほど執着の強いほうではない。

それに、久通の勇み足を責めるでも嘲笑うでもなく、寧ろ労るかのようだった和倉の言葉も、ズシリと胸に響いていた。

世に蔓延る盗賊の数が、浜の真砂よりも多いというのであれば、もとより昨日今日町奉行になったばかりの自分などが、おいそれと手柄をあげられるわけがない。そのことに気づけただけでも、新米奉行としては、多少成長したといえるだろう。

だが、久通が自ら賊を捕らえたことは、彼の部下である北町奉行所の与力・同心たちにとって、さほど意味がないわけではなかった。

「お奉行様が自ら賊を！」

同心たちが挙って色めきたった一事を見ても、明らかである。

老中の依怙贔屓で抜擢されたとばかり思っていた奉行が、実はとても有能でやる気もある人物であった、と知れば、忽ち彼らの久通を見る目も変わる。変われば期待も大きくなる。

（冗談ではないぞ）

久通は内心青ざめる思いだった。

町奉行は、あくまで後任者が決まるまでのつなぎにすぎない。老中・松平定信とも、そういう約束になっている。

（浜の真砂の数ほどいる盗賊の捕縛など、つなぎのあいだにできるわけがない）

その途轍もなく大きすぎる任務に対して、久通は眩暈すら覚えた。

（俺は、未だなにも成せていないろくでなしだぞ。これほど重い責務を負わねばならぬ町奉行の職など、絶対に無理だ）

つなぎ、という定信の言葉に惑わされ、とんでもない重責を負わされた。

改めて、そのことに愕然とした。

一度は請けた役目だ。相応の責任は果たしたい。それ故にこそ、無実の罪で裁かれようとしている可哀想な男を救わねば、とも思い、久通なりにあれこれ健闘してみた。してみたものの、そう簡単に結果は出ない。

（俺の勇み足で、奉行所内に妙な騒ぎを起こしてしまった）

久通は大いに己を恥じ、且つ後悔した。

その日の昼過ぎ、すっかりやる気をなくして役宅の居間に引きこもっていた久通の許に、荒尾小五郎が訪れた。

大柄な体がひとまわりも小さく見え、

「お奉行様」

声にもまるで生気がない。

「お休みのところ、申し訳ございませぬ」

憔悴しきった様子である。探索のため、蓋し江戸じゅうを歩きまわっていたのだろう。

「それで、なにかわかったのか、荒尾？」

縁先で雪之丞を膝に乗せたまま、まるでやる気のない様子で久通は問うた。

「それが……」

「わからぬのだな？」

「面目次第もございませぬ」

「三次の自白を覆すだけの証拠は、なにもないままなのであろう？」

「………」

「証拠は出ない」

力なくも、久通は断言した。

「ときが経てば経つほど、証拠を見つけることは困難となる。火付けがあった晩から、幾日が経つ？」

「されば、十日ほどになろうかと……」

「十日か……最早、無理だろう」

久通は虚しく首を振り、

「十日のあいだに何度か雨が降り、下手人どもの足跡を消した。…人の記憶など、もっとあてにならぬ。次々と起こる出来事が、直前の記憶すら消し去ってしまう。そんなものだ」

言い返せぬだけの強い語気で言い放った。

「し、しかし……」

だが荒尾は、縋（すが）るような表情で久通を仰ぎ見る。

「残念だ、荒尾」

「お奉行様」

「仕方ない。三次は、本来の罪状である押し込みの下手人として裁きを下す。それでよいな、荒尾？」

「………」

「そもそも、三次が盗っ人であることは間違いない。それ故、盗っ人として裁かれるのは当然の報いだ。そうだろう？」

「も、申し訳ございませぬ」

大柄な体を精一杯縮こめ、荒尾は平伏したままでいる。申し訳なさが、その大きな背中から目に見えるようで、久通は喉元に湧き起こる苦笑を堪（こら）えざるを得ない。

「そ、それがし……お奉行様に対して大口をたたきましたのに、何一つ為し得ず……」

荒尾の語尾は悲しく途絶え、あとは嗚咽（おえつ）を堪（こら）えているのだろうということが容易に察せられた。

「泣くな、荒尾」

短く制しておいて、

「三次は遠島だ。盗っ人の科は、せいぜいそのくらいが妥当であろう？　三次は、盗みは働いたが人を傷つけてはおらぬ。それ故じきにご赦免になるだろう。……和倉は不満かもしれぬが、本来死罪になるほどの罪を犯していない者を死罪に処してよいわけがない。それ故、盗っ人として裁く。俺は奉行だ。それくらいの権限はある」

たたみ掛けるように久通は言い募った。

らしからぬ饒舌であったが、懸命に嗚咽を堪える面倒くさい荒尾を、一刻も早くこの部屋から追い払うためには是非とも必要なことだった。

それ故、懸命に言葉を言い継いだ。

「それでよいな、荒尾？」

「はいッ」

念を押されて、荒尾は益々恐縮し、平伏したまま顔をあげない。遂に、堪えきれなくなったのだろう。

泣き顔を見せたくないという気持ちはわかるだけに、久通には最早為す術がなかった。

それ故、荒尾の肩の震えがおさまるのを、久通は根気よく待った。

そのあいだに、雪之丞はとっくに久通の膝の上から去り、庭先へと降りてしまっていたが。

しばし後、久通は荒尾のほうへ体を向け、

「のう、荒尾――」

己を奮い立たせてその背に呼びかけた。

「はい」

荒尾は漸く顔をあげ、泣き腫らした顔を久通に見せた。その途端、

（………）

久通は思わず息を呑み、咄嗟に口許を覆う。鬼瓦に涙は似合わない。それ故久通はこみ上げる笑いを堪えたが、そもそも、笑いがこみ上げること自体間違っている。荒尾を泣かせたのは久通自身なのだ。

（泣かせておいて、その泣き顔を笑うなど、外道(げどう)の所業ではないか）

内心厳しく己を戒(いまし)めつつ、

「この世に、一体幾人ほどの悪人…罪人が存在するか、お前にはわかるか？　幾人ほどの盗っ人がおるか、幾人ほどの火付けがおるのか、見当がつくか？」

変わらぬ声音で、久通は問うた。

「………」

唐突な問いに、荒尾は一瞬間当惑した。しばし無言で久通を見返してから、

「い、いいえ」

力なく首を振る。

「もとより、俺にもわからぬ。だが、浜の真砂の数以上であることは明らかだ」

「え？」

「人の営みが続く限り、その営みの中で悪事を働く者は絶対に尽きぬ。そうは思わぬか？」

「そうかも…しれませぬ」

身も蓋もない久通の言葉に、若い荒尾は悄然と項垂れるばかりだ。

だが、久通の目的は、理想に燃える若い同心の気持ちを萎えさせることではない。

「ならば、捕らえた賊は、即ち迅速に取り調べを行い、裁かれねばならぬ。でないと、伝馬町の牢屋敷は忽ち罪人で溢れてしまう。……和倉に、そう諭された。言われてみれば、もっともだと思う」

あくまで冷ややかに聞こえる口調で、久通は言葉を次いだ。

「そちも、もっともだと思わぬか？」

「は、はい」

不得要領に、荒尾は肯く。

「では、直ちに次の探索に向かえ。それがお前の役目であろう。……昨夜も、危うく押し込みが起きるところだったのだぞ」

「………」

荒尾はハッと表情を変え、改めて久通を見返した。長々と語った挙げ句の久通の真意が、漸く理解できたのだろう。

「申し訳ございません。荒尾小五郎、直ちに勤めに戻りまするッ」

「うん」

察してくれた荒尾に内心感謝しつつ、だが久通は、

「だが、勤めに戻る前に、しばし休め」

少しく口調を和らげて言った。

「休まねば、いざというとき、存分の働きはできぬぞ、荒尾」

「………」

久通の言葉に、再び、見る見る両の瞳を潤ませはじめる荒尾の顔をそれ以上は見ているわけにはいかなかった。

「雪之丞」

それ故久通は、唐突に愛猫の名を呼びつつ、縁先から庭に降り立った。

「雪之丞ーッ、これ、雪之丞ッ」

そのまま、猫を呼び寄せるていで庭を進み、取り残された荒尾のほうは見向きもしなかった。泣くだけ泣いて、さっさと出て行ってくれることを願いながら——。

五

三次に遠島の裁きが下されたその翌日、数寄屋河岸界隈でちょっとした出火があった。

幸い、風向きがよかったのと、火消しの迅速な働きによって大事にはいたらず、元数寄屋町の民家が何軒か焼けただけですんだらしい。

火災が起きたのは子(ね)の刻過ぎであり、久通が報告を受けたのは翌朝のことだった。

「何軒か焼けたと言うが、本当に死者は出ていないのか？」

「ええ、いない筈です」

と真顔で応える若い同心の愚鈍そうな顔を、久通はしばし無言で見返した。

「いない筈、だと？」

「はい」

「ろくに確かめもせず、よい加減なことを申すなッ」

「も、申し訳ございませぬッ」

久通の急な不機嫌に戦き、同心は忽ちその場に平伏する。

もとより、何故唐突に久通の機嫌が悪くなったか、その理由など何一つ察してはいまい。

「実際に出向いて確かめたわけでもないのに、死者も怪我人もいないなどと、何故わかる？」

「申し訳ございませぬ。そ、それがしは、ただ、他の者より伝え聞きましたことを、お奉行様にお伝えしただけで……」

若い同心――三木一之助は、深々と伏せた顔を青ざめさせながら、こもごもと弁疏する。

「他の者より伝え聞いたことをそっくりそのまま俺に伝える。……貴様の仕事は同心ではなく、伝令か？」

「あ、相済みませぬッ」

一之助はただただ謝るのみだ。

そうすることが、上役の怒りを鎮める唯一の方策だと、教える者がいたのだろう。

だが久通は、己が何故怒られたのかその意味を知ろうともせず、手もなく詫びを入れるような者が大嫌いだった。

「三木一之助」

久通は漸くその同心の名を思い出し、呼んだ。

「は、はいッ」

「確かめに行って来い、と命じているつもりなのだがな」

「…………」

三木が恐る恐る顔をあげたのは、久通の声色口調が漸く常のものに戻ったと感じたためだろう。

（お奉行様のお怒りはおさまった）

そう思って安堵しただけなので、久通の述べる言葉の意味は依然として理解できぬままだ。

「実際の被害がどれほどであったか、本当に一人の死者も怪我人もおらぬか、己の目で確かめてまいれ、と言っているのだ」

「あ……」

三木は漸くすべてを理解した。

理解すると同時に、

「そのことでしたら、既に別の者が調べに行っております る」

愁眉を開いて三木は応える。

「別の者が？」

久通の表情は再び険しくなるが、三木はそのことに気づいていない。それ故、

「はい」

僅かに口許さえ弛めて肯いた。

「なるほど、別の者が、な」

再び沸き起こりかける己の怒りを鎮めるため、久通は三木の言葉を反芻した。

「はい」

三木の面上にはいよいよ愚鈍な笑みが滲む。

「では、今後は、実際にその場に出向いて調べを行った者のみが、報告にまいればよい」

「え？」

「伝え聞きの伝令は、俺には必要ないということだ」

「…………」

久通の言葉つきが至極冷静で淡々としていたため、その真意が三木に伝わるまでには、かなりのときを要さねばならなかった。

「まだなにか、俺に言いたいことがあるのか？」

話はとっくに終わっている筈なのに、一向に己の前を辞そうとしない三木に向かって、この上もなく冷ややかな口調で久通は問うた。

相手は二十歳そこそこの若造だ。近習として側（そば）においている朔之進と、さほど変わらない。昨日今日知り合ったばかりの浅い縁である点も、同じだ。

だが、同じような年齢の、同じような未熟者でも、己の未熟を僅かも顧みぬ恥知らずな若造と、己の分を弁（わきま）え、健気（けなげ）に務めを果たしている者とでは、他に与える印象が全く違う。

「いえ、失礼いたしました」

入ってきたときとは別人のようにぎこちない所作で一礼すると、三木は部屋を出て行った。その操り人形のような後ろ姿を見送りながら、

（数寄屋河岸といえば、数寄屋橋御門のすぐ目の前だな）

思うともなしに久通は思い、思った途端、

（そういえば、源助の屋台に来たという沼間井らしき人物とその連れは、御門に火をつける、というような話をしていたのだったな）

漸くそのことを思い出した。

（まさか、昨夜の火事も、三次の言う火付け一味の仕業なのか？……しかも、その一味の中には、朔の仇（かたき）である沼間井も関わっているらしいと？）

考えれば考えるほど久通の頭は混乱し、思考は忽ち停止してしまう。

（先ずは沼間井の行方を追い、奴を捕らえるか？）

思案に余る案件で久通が頭を悩ませているところへ、

「お奉行様」

かなり狼狽（うろた）えた様子の和倉がやって来た。

三木が去って間もなくのことである。

「なんだ、和倉？」

「同心の三木一之助めが、なにか粗相をいたしましたようで、申し訳ございませぬ。……なにぶん、役に就いてまもない新参者でございます故、気の利かぬこともあろうかと……」

必死に言い募る和倉を、しばし不思議そうに久通は見返した。

久通の不興を買った、と一之助に泣きつかれてのことなのだが、和倉と一之助の関係性を知らぬ久通には和倉の慌てぶりが不可解であった。筆頭与力というものは、部下の同心がなにか失策をしでかした際、ここまで必死になって釈明せねばならぬものなのか。

（だとすれば、こやつも苦労が絶えぬな）

心中密かに同情したところで、

「もう、よい。粗相というほどのことではない。そちが頭を下げることはない」

久通は静かに言い返したが、ふと思い返し、

「数寄屋河岸へ、昨夜の火事の状況を調べに行った者は、もう戻ったか？」

と訊ねてみた。

「いえ、まだ戻りませぬが」

「では、出火の原因について、付け火の可能性がないかどうか、重ねてよく調べよと言いつけよ」

「はッ」

一之助のことで、下げたくもない頭を下げたことですっかり自我が麻痺してしまった和倉は、ろくに聞き返すこともなく直ちに拝命した。

第三章　二人目の弟子

一

「殿」

何度目かの半兵衛の呼びかけに、久通は仕方なく反応した。

「なんだ」

雪之丞の背を撫でていた手を止め、ゆっくりと膝からおろす。

雪之丞は束の間不満げに久通の顔をふり仰ぎ、だがすぐに諦めてのそのそと歩き出した。

主人と同じく、最も居心地のいい場所を追われたら、その次に居心地の好い場所へ移ればいい。一つの場所に執着はしない。

「それがしの申すこと、聞いておられましたか、殿」

「だから、なんだ、半兵衛」

雪之丞が隣室へと去るのを見届けてから、久通はさも億劫げに問い返した。実際億劫なのだ、この口うるさい老爺と言葉を交わすのは——。

「朔之進のことでございます」

とわざわざ久通の側まで躙り寄って言う半兵衛の言葉に内心ギクリとさせられながら、

「朔之進がどうかしたか？」

然有らぬていで、久通は問い返した。

「近頃のあやつの行いは、目に余りまするぞ、殿」

「なんだ、大袈裟な。朔は所詮、当家の居候ではないか。なにをしたとて、別に俺は困らぬぞ」

「いいえ、困ります」

強い口調で半兵衛は主張する。

「朔之進は、確かに居候には違いありませぬが、一応近習として殿の身近にお仕えする者ですぞ」

「それは、何の仕事も与えず終日ふらふらさせておくわけにはゆかぬ故、あれこれ用を言いつけておるだけで……」

「ですが、近習は近習です」

「あ、ああ」

子供の頃から父親代わりのように久通の上に君臨してきた半兵衛にきっぱり言い切られると、久通は未だになにも言い返せなくなる。

「では、近習たる者、四六時中屋敷を開け、勝手気儘に過ごしておるとは、どういうことでありましょうか」

「そんなに四六時中、出歩いておるのか？」

「殿が奉行所におられるあいだは、ほぼ他行しております」

「まさか」

「なんでそれがしが、殿に嘘を申しましょう」

むきになって半兵衛は主張し、久通は早くも旗色が悪い。

「朔は……朔之進は、仇持ちの身の上だ。剣の腕を磨くため、道場に通うように言ってある。大目に見てやれ」

「いいえ、道場に通っている様子はありませぬ。そもそも朔之進めは、殿に剣の教えを請おうと、このお屋敷に居座っているのではございませぬか」

「居座っているなどと……ひどい言い方をするな」

容赦ない半兵衛の舌鋒に、久通はいよいよ困惑する。

「いいえ、得体の知れぬ野良犬に宿を貸し、餌を与えておるのですから、言われて当然でございます」

「では、道場へ行かず、朔は一体どこへ行っているというのだ」

「それこそ、こちらが伺いとう存じます」

「か、仇を、捜しているのではないか？」

苦しまぎれに久通は言い、

「そうだ。父の仇である沼間井剛右衛門のことを、必死で捜し回っておるのだろう。健気なことではないか」

だが途中で、我ながらよいことを言ったと気づくと、躍起になって言い募った。

「なるほど、まださほど詳しくもない江戸市中を、仇を求め、捜し回っておるということですか？」

「ああ、そうだ」

「ですが、殿――」

落ち着き払った半兵衛の口調が、久通には不気味であった。

「縦しんば仇を見つけ出したとて、あの者に仇を討つことができましょうや？」

「え？」

「道場にも通わず、殿から剣の指南を受けているわけでもない朔之進に、どうして自ら、仇を討ち果たすことができましょう？　返り討ちに遭うのが関の山ではございませぬか？」

「…………」

半兵衛の自信の所以を知ると、久通は再び言葉を失うしかなかった。

だが、ここで口を噤んだままなら、久通はまたぞろ半兵衛の説教を一方的に聞かされる羽目になる。それ故、

「いや、朔之進とてそれはわかっていよう」

懸命に己を奮い立たせて、久通は言葉を次いだ。

「わかってはいるが、じっとしておれぬ故、ついつい仇を求めて市中を捜し回ってしまうのだ。親の仇を捜し求めて、遙々播州の地より参ったのだぞ。気が急くのも無理はない。一日も早く、仇に巡り会いたいと思うのは当然のことではないか」

「…………」

久通の饒舌の前に圧倒され、半兵衛がしばし言葉を躊躇う瞬間を、久通は決して見

逃さなかった。それ故、たたみ掛けた。

「確かに、いまのあやつでは、自らの手で仇を討つのは難しいかもしれぬ。半兵衛の言うとおり、返り討ちに遭うのがおちだろう。だが、俺は町奉行だ。罪を犯した者の身柄を拘束するくらいの権限はある」

「え？」

「そうだ。おそらく朔之進は、沼間井を見つけ出し、その居所を俺に知らせるつもりなのだろう。さすれば俺は沼間井を捕らえ、その罪状を明らかとし、奉行の名の下に、正々堂々仇討ちを許すことができる。その折には、俺が助太刀を買って出ればよい」

自信満々に言い放ったところで、やめておけばよかった。半兵衛を言い負かしたことですっかりいい気になった久通は、つい調子に乗り、

「のう、半兵衛、そちもそう思わぬか？」

余計な一言を付け加えてしまった。

「いいえ、思いませぬ」

これには半兵衛も黙ってはいない。

「殿には申し訳ないが、それがしは、そうは思いませぬ」

（えッ）

声には出さずに、久通は戦く。

「殿はすっかりお信じになっておられるようですが、そもそも、あの者の申すことを頭から鵜呑みにしてもよいものでしょうか？」

「ど、どういう…意味だ？」

「仇討ちの話自体、嘘ではないかと申し上げているのです」

能に使われる、笑っていない翁面のように荘厳な顔つきで半兵衛は言い、久通を更なる戦慄へと追い込む。

「殿は、あの者の申すことを一言一句お信じになられたようですが、何故そのように容易くお信じになられます？　容易く信じられるほどに、殿は、あの者のなにをご存じなのですか？」

「………」

「仇討ち話も、播州から参ったというのも、すべて嘘かもしれぬではありませぬか」

「なんの…ために……」

弱々しい口調ながらも、久通は懸命に言い継ぐ。

「なんのために、朔之進はそのような嘘をつく必要があるのだ？」

「当家に居座るために決まっておりましょう」

「では、なんのために当家に居座らねばならぬのだ？」

「知れたこと。殿に害を為すためでございましょう」

「なに?!……朔が、俺の命を狙う刺客だというのか？」

「或いは、殿の御身辺を探りにまいった間者かもしれませぬ」

久通の狼狽をよそに、半兵衛は一向泰然自若。落ち着き払った口調で、更に続ける。

「何れの何者が、刺客や間者を送り込んでくるのか、と殿は不思議に思われることでしょうな」

「…………」

「されば、殿、ご自身のお立場というものをしかとお考えなされませ」

「俺の、立場？」

「町奉行というお立場でございます。……お裁きを不満に思うて怨みを抱く者もおりましょうし、裁かれる悪人の中にはなんとかお奉行様の弱みを握ろうとする者もおりましょう」

「だが、俺はまだ、町奉行となってひと月かそこらだぞ。……まだ、数えるほどしか裁きも下しておらぬし、どれも軽微な罪で、怨みを買うほど重い罰は下しておらぬ」

「逆恨みということもございます」

「…………」

「そもそも殿は、一体どういうおつもりで、朔之進めを当家に住まわせておいでです？」

「別に、どういうつもりも……」

「そもそも、それがいけないと申しておるのです！」

言い淀む久通の語尾に、半兵衛は強く被せてきた。

「素性も定かならぬ者を、まるで猫の子でも拾うかの如く簡単に屋敷に住まわせ、何一つ疑いもしない。どうかしておられますぞ」

「い、いや、しかし……」

「あの者が、何者であるかを突き止める方策が、唯一つございます」

「なんだ？」

つり込まれるようにやや身を乗り出して半兵衛を見返し、

「どうすれば、よい？」

久通は問うた。

「殿が、自らあの者に剣の指南をしてやることでございます」

「え？」

「かつて殿は、お父上である久隆様から剣を学ばれましたな？」

「あ、ああ」

不得要領に久通は肯く。

「その頃、亡きお父上様は、よく仰せられておられました。『日々、剣を介して向き合っていると、久通の心がよく見える。言葉にできぬことも、剣を通して伝えることができる』と。……まこと、尊きお言葉にございます」

「………」

「剣を介して向き合えば、あの者の心底もしかと知ることができるのではございませぬか、殿？」

半兵衛の強い視線を真っ向から受け止めた久通の体からは、そのときドッと、力が抜け落ちた。

（そういうことか……）

声に出せぬ言葉を、心の中でだけ、久通は発した。

（つまり半兵衛も、朔に籠絡されていたということか）

命なる哉。

大層まわりくどい言い方をしてくれたが、半兵衛の狙いは、つまりそういうことなのだろう。

雪之丞のときと同様、久通が気まぐれに拾ってきた朔之進にも、半兵衛は、手もなく愛情を注いでしまった。

久通がいないところで、両者のあいだにどういう会話が為されているのか知り得ようわけもないが、気難しげに見えても実は情け深い質の半兵衛が、一見幼童のような朔之進を悪く思う筈がない。

しかも、父の仇を追って遠国から遥々江戸まで来たという不憫な身の上話付きだ。その手の話は、昔気質な半兵衛の大好物である。

おそらく、朔之進に訴えられ、一肌脱ぐ気になったのだろう。

「如何でございます、殿？」

黙り込んだ久通に、これでもかとばかりに半兵衛はたたみ掛けた。

だが、彼の目論見がすべて理解できたあとでも、久通はそれを指摘する気にはなれなかった。

考えてみれば、朔之進に剣を教えない、という己の中の勝手な決まりも、いまとなってはどうでもいいように思えてくる。

（そもそも、新しく弟子をとったからといって、あの方との日々が消えてなくなるわ

けでもなかったな)

久通は思い、思うとともに、

「わかった、半兵衛」

自分でも意外なほど、明るい声音で応えてのけた。

「明日から、朔之進に剣を教えよう」

「………」

襖一枚隔てた隣室から、深く溜め息をつく気配がした。

そこに、朔之進がいて、襖に耳を擦りつけんばかりにこの部屋の話を盗み聞いていることは明らかだった。

(矢張り、見かけと裏腹、とんだ策士よの)

久通は内心苦笑した。

気まぐれに拾ったのは、幼気(いたいけ)な仔猫ではなく狡猾な狐(きつね)であったかもしれぬ、とも思ったが、不思議と悪い気はしなかった。

二

天賦の才というのだろう。

物心ついた頃には木刀を握り、父から剣の手ほどきを受けていた。免許を取得するため、十一の歳から道場に通ったが、通いはじめたときには既に、久通にかなう者は年長の門人の中にもおらず、ただ一人、師範代のみが彼と互角に打ち合うことができた。

じきに免許を与えられ、年少者を教える師範代となった。

それ故、久通にとって剣の師といえば、いまも、そしてこれから先もずっと、父の久隆一人である。

(父上は、はじめて木刀を手にする俺に、なんと教えてくれたのだったかな？)

久通は懸命に己の記憶を手繰った。

将軍世嗣・家基の剣術指南役となった折には、久通は先ず最初に、一刀流の奥義である「切落」の指南を行った。久通が指南役を拝命した年、家基は十七歳であったが、既に剣の基礎は充分に学んでおり、あとはひたすら技を伝授すればよいだけの下地ができていた。

朔之進は、年齢こそ十八と、あの当時の家基より一つ上だが、刀の構え方を見る限り、殆ど剣の修行をしたことはないようだった。

ほぼ初心者といっていいだろう。生まれてはじめて竹刀や木刀を手にする人間に対しては、果たしてなにをどう、教えるべきか。

久通は、己が父に教わっていた頃のことを懸命に思い出そうとしたが、もとより、物心つくかつかぬか、そんな人としての記憶も曖昧な当時のことなど、しかとは思い出せよう筈もない。

久通は仕方なく、己が通っていた道場へ、当時唯一久通と互角に戦うことのできた師範代を訪ねた。

当時の師範代は、いまも変わらず、道場の師範代を務めている。

「ご無沙汰いたしております、師姉」

些か古風な呼び方で久通はそのひとを呼び、久闊を叙した。

「まこと、十年ぶりになりましょうか、玄蕃殿」

そのひと——小野派一刀流道場《青龍館》の師範代・吉乃は、五十近くなってもなお、『女仁王』と呼ばれていた二十代の頃と変わらぬ不敵な笑顔を見せてくれた。

「師姉には、お変わりなく――」

が、その笑顔を見ると、久通は少したじろぐ。

三十年前の、出会いの際も、そうだった。

当時吉乃は久通よりも五つ年上の十六歳。しかし、当時から女子とは思えぬ長身で、顔立ちも中性的で凛々しいものであったため、久通はてっきり、十八、九の男子であると思い込んでいた。

だからこそ、思いきり稽古の相手をしてもらうことができたわけだが。

「相変わらず、冗談の通じぬお方ですね。つい先日も、直々のお弟子殿のことで、わざわざこちらに参られたばかりではありませぬか。……町奉行様、御自らお出でいただき、畏れ多いことでございました」

化粧気のない顔の中で、唯一特徴的に鋭く切れた眉をピクリとつり上げつつ、吉乃は言う。

（わかりにくいのだ、冗談が――）

という内心をひた隠しつつ、

「勘弁してくだされ、師姉」

久通は早々に白旗を揚げた。

兎に角、彼女の前では頭を低くしておくに限る。そうしないと、もっと痛い目を見ることになるからだ。

「師姉に預けようと思うた者は、年齢こそ十八ではありますが、おそらく剣の素養など殆どない、全くの幼子のような者なのでございます」

「ですが、その幼子、一向に道場に現れませぬな」

「重ね重ね、申し訳ありませぬ」

心中鉛を呑み込むような思いで、久通は詫びた。

「いいえ」

吉乃は依然緩やかな微笑を浮かべた顔で首を振る。

「見上げるほどに立身なされた玄蕃殿が、いまなお、こんな小道場などにお気をかけてくだされるなど、それだけで、有り難い限りでございます。……決して厭味ではなく、本心から、申しているのですよ」

「恐れ入ります」

久通は一層恐縮するが、ここでなにも言い返せぬままなら、わざわざ出向いて来た意味がない。

「では、折角ですし、一手お教え願いましょうか」

「は？」

「久しぶりに、お手合わせ願えませぬか、師姉？」

当然断られるものと思って言った。

五つ年上の女子である吉乃は、体力的にも技術的にも、確実に自分より劣っている筈だ、と確信しての申し出だった。勝ち気で負けず嫌いの吉乃が、負けるとわかっている勝負を受ける筈がない。そうと承知で手合わせを持ちかけたのは、「どうか、その儀はご容赦を」という吉乃の負け台詞(ぜりふ)を聞きたいが故の、大人気ない意地悪だった。

ところが、

「では、お手合わせいたしましょうか、玄蕃殿」

吉乃はその満面を更に笑み崩して答えた。

（え！）

これには久通も仰天した。

「ご覧のとおりの姥桜(うばざくら)ですから、多少なりとも手加減していただけるとありがたいのですが」

満面の笑みで述べている筈なのに、その切れ長の涼しげな目は、少しも笑(え)んではいない。

(全然変わっていない)

驚く反面、久通にはそれが多少嬉しくもあった。

「ご冗談を。近頃は職務に追われ、すっかり鍛錬を怠っております故、手心を加えていただくのはそれがしのほうでございましょう」

「鍛錬どころか、五人もの盗賊を、たったお一人で捕縛されたそうではありませぬか。新しいお奉行様は、さすが柳生家に縁のお方だけのことはある、と市中でも大層な評判でございます」

口許だけ僅かに笑ませ、だが実際には全く笑っていないその目で、刺し貫くように久通を見返している。笑わぬその目は、恰(あたか)も、

(殺しますよ)

とでも言っているようで、久通は密かに戦慄した。

道場主の一人娘だった吉乃は、幼い頃から剣の修練に明け暮れたせいか、体格もよく、髪を若衆髷(わかしゅまげ)に結い、稽古着姿でいると、どこからどう見ても健康的な男子としか思えない。

驚いたことに、それはいまも変わっていなかった。

いや、寧ろ、若い頃よりも一層顕著になっている。

道場主は、吉乃に婿をとって道場を継がせるつもりであったのだろうが、吉乃は、

「己より腕の劣る者を夫とする気は毛頭ございませぬ」

と言い張り、結局独り身を貫いた。

吉乃と互角に渡り合えるのは、当時も久通くらいのものだったし、《女仁王》とあだ名されるような猛々しい女丈夫と敢えて夫婦になりたいという物好きな男は遂に現れなかったのだろう。

当然、子も産んでいない。

そのせいか、体に余分な脂がつかず、姿勢も、まるで背中に曲尺でも仕込んでいるのではないかと思うほど、真っ直ぐに伸びている。

(この人は、そもそも生まれ間違ったのだな。男に生まれていれば、なんの問題もなかったものを――)

久通の心に少しく憐憫の情が湧いたのを、察したのか、

「いざ、参ります」

壁の刀架から、吉乃は無造作に竹刀を一本摑み取った。近年の流行を取り入れ、青龍館でも、数年前から竹刀を導入していた。

木刀ならば当然寸止めせねばならぬところ、縦しんば思いきり打ち込んでしまっても、多少痛い思いをするだけですむ分、思いきり稽古するには、竹刀のほうがずっとやりやすい。

「いざッ」

言うが早いか真っ向から打ち込んでくる吉乃に驚き、久通も慌てて竹刀を取り、身構える。

ガッ、

なんとか青眼に構えたところへ、激しい打ち込みがきた。

ずしッ、と両手に重石をかけられるかのような、強い打ち込みだ。

それを受け止め、鍔元で押し返しつつ、

(変わらぬなぁ、師姉)

久通は内心呆れている。

その打ち込みの強さが、久通の中で眠っていた古い記憶を呼び起こさせた。

吉乃の言うとおり、手合わせするのは十年ぶりだ。

十年前の久通は、まだまだ俗世の楽しみに没頭しており、吉乃に対する敬意も希薄であった。嫁き遅れの年増が、家業を廃れさせぬため、必死になっているのだろう、という程度の認識しかなかった。

将軍家世嗣の剣術指南役に、という話が持ち上がったばかりで、蓋(けだ)しい気になってもいたのだろう。

(ここで、嫁き遅れの師姉を負かしたりすれば、末代まで祟(たた)られようぞ)

そんな侮(あなど)りを、見過ごす吉乃ではなかった。

「すわッ!」

息をする間もないほど激しく打ち込まれ続け、

「ま…参りました」

久通は手もなく降参した。

降参したからといって、別になんの不名誉にもならない。他に誰もいない道場内でのことだ。別段、口惜しいとも恥とも思わなかった。

だが。

「すわこそッ!」

あのときと同じ気合とともに打ち込まれ、久通はハッと思い返した。

(あのときの俺は、どうしようもなく、思い上がっていた)

町道場主の娘で、なまじ武芸を学んでしまったがために嫁(とつ)ぐこともできず、婿(むこ)の来手もない吉乃を、可哀想な女だ、と蔑(さげす)んでいた。だが、吉乃の望む幸せが、必ずしも婿をとって後継ぎの子を産むことではなかったのだ、ということが、この十年の間に、久通にも漸(ようや)く理解できるようになっていた。

　それ故今日は、

「やぁーッ」

かけ声も高く、自ら打ち込んだ。

バシ、

ばしッ、

バシュ……

正眼から、何度も打ち合う。

何度も、何度も、打ち合った。吉乃の太刀筋には僅かの迷いもなく、かつて久通が苦手としていた箇所を容赦なく打ってくる。

(うッ……)

左の脇下を打たれた瞬間、気が遠くなるほどの痛みを覚えた。

(くそッ)

「まだまだッ」

もとより、簡単には降参しない。

竹刀を持ち替え、中段に構え、ジリジリと摺り足で移動する。激しく打ち合えば、相手の太刀筋も読めるし、稽古としての手応えも感じられる。

だが、動きが大きくなるぶん、隙もできる。

相手は、子供の頃からほぼ毎日のように稽古してきた女仁王だ。僅かの隙も見逃すわけがない。

(女仁王めッ)

心中激しく毒づきながら、久通は逆に吉乃の構えの中に、隙がないかをさぐる。

同じだけ稽古を重ねたということはつまり、久通にもまた、彼女の隙を衝くことができるということだ。

(今年で四十七だろ。それなのに、あの頃とまるで変わらぬ動きができるとは。……一体日々どれだけの鍛錬をしているんだ、このひとは——)

内心舌を巻きつつも、久通は懸命に彼女の隙を探そうとする。

真剣で立ち合えば、当然久通が勝つだろう。女子である吉乃に真剣を扱うだけの腕力がないからではない。腕力ならば、おそらく久通と互角か、或いはそれ以上かもしれない。若い頃、激しい稽古の末互いに興奮し、最後は組み討ちになることも屢々だった。その際久通は、何度か吉乃に絞め殺されそうになっている。

それ故吉乃は、たとえ真剣を手にしたとしても、その重みに戸惑うことも臆することもないだろう。

だが、実際に真剣を人に向けるというそのことに、おそらく戸惑う。それ故、何度も真剣を手にし、剰（あまつさ）え、人を手にかけた経験のある久通が、紙一重で勝つ。

が、本来己を鍛える目的で足を踏み入れる道場内では、相手を打ち負かすことで己を鍛える。真の目的は、打ち負かすことではなく、あくまで己を鍛えることなのだ。

「先ず、心気を養うことだ」

かつて亡父・久隆は繰り返し久通に教え込んだ。

一刀流の極意である、「一に始まり一に帰す」は、必ずしも技のことを言っているわけではない。己の心を鋼の剣よりも強くすることで、先ず己に勝ち、しかる後敵に勝つ。「一に始まり」の一とは、心気の強さのことなのだ。

「どうすれば、心気を養うことができます？」

当然久通は父に訊ねた。

「日々の営みを、疎（おろそ）かにはせぬことだな」

しばし考えつつ、久隆は応えた。

「朝目覚めてから、夜床に就くまで、どのような一日を過ごすか、また過ごしたか、神仏の加護に照らし合わせて恥じることはなかったか、よくよく考えることだ。もし恥じることが一つでもあれば、もう二度と、恥じる事なき己になろう、と心せよ」

父の教えはときに観念的すぎて理解に苦しむことも多かったが、久通の中に深く浸透し、やがて彼の血肉となった。

なにより久通が、父である以前に師である父に対して、手放しの尊崇を抱いていたためだろう。

(どうやら吉乃殿も、充分に心気を養ってこられたようだ)

出会ってから三十年も経って、久通は漸くそのことを意識した。

心気を養うことは、一刀流の基本だ。

道場主の娘が、お家芸を継ぐにあたって、その訓練をしていない筈がない。

(ならば俺は、道場においては終生この方に勝てまいな)

苦笑とともに思った瞬間、久通の体から気負いが消えた。

それが、吉乃を戸惑わせたのかもしれない。

盤石(ばんじゃく)と思えた正眼に、揺らぎが生じた。

(ここだッ)

その揺らぎを見逃さず、久通は真っ直ぐに打ち込んだ。

吉乃は真っ向から受け止める。その筈だった。だが久通は、一旦振り上げた竹刀を振り下ろすことなく手許で返し、突きに転じる。当然吉乃はそれを読んでいる。

素速く一歩後退し、後退した先で竹刀を持ち替えるつもりだった。

だが、後退したところへ更にもうひと突き繰り出され、体勢を崩した。咄嗟に揺らいだ竹刀を退こうとしたが、それより一瞬早く、
ばしぃッ、
と雷にうたれたが如き衝撃を両手に感じて、吉乃は思わず、竹刀を取り落とした。

「…………」

一瞬間、茫然と久通を見返した後、

「参りました」

吉乃は素直に己の負けを認めた。

「見事な《切落》でした、玄蕃殿」

「いいえ」

久通は恐縮し、思わず首を振った。

「師姉に対して《切落》を用いるなど、僭越至極(せんえつしごく)でございました」

「いいえ、それこそ要らざる斟酌というものです。……己を鍛える場である道場で立ち合い、私は負けました。それがすべてです」

「師姉……」

いつになく優しげな言葉つきの吉乃を前にして、久通は容易く言葉に詰まった。

「やはりそれがしは、朔之進をあなたにお預けしたい。あなたこそ、未熟な者を導くのに相応しいお方です。ですが……」

「…………」

痛みの残る右手首を無意識にさすりつつ、吉乃は存外爽やかな笑顔を見せた。

「勿論、あなた様が教えてさしあげたほうがよいにきまっております」

「そうでしょうか？」

「当たり前です。たかが町道場の、嫁き遅れなどより、町奉行様直々の御指南のほうが、何百倍も有り難いに決まっておりましょう」

「師姉！」

思わず発した久通の抗議の声は、同時に放たれた吉乃の哄笑によってかき消された。耳慣れた不敵な笑い声が、久通の耳には心地よい。

「この道場にはじめて来られたとき、あなた様は既に免許を与えられてもおかしくないだけの技量をお持ちでした。それでも、お父上のお言いつけどおり、一年間通われました。お父上は、同じ志を持つ者が大勢集うこの道場の空気を、あなた様に知ってほしかったのでしょう。免許を得て後は、最早ここへ来られる理由もないのに、師範代だから、という理由で律義に通うてくださいました。……お礼申し上げます」

「師姉……」

言い返したい言葉はいくらもあった筈なのに、何故か喉元で詰まって声にならなかった。

笑うと忽ち目尻に皺の増える吉乃の笑顔を目の前にして、

(俺は、このひとのことが好きだったのかもしれない)

ということに、はじめて気づいたからだった。

三

「木刀による素振りを、百回。それを朝晩一度ずつ——即ち、日に二度ずつ続けよ」

久通は先ず、朔之進に命じた。

「なんの素養もない者に、いきなり技を教えることはできぬ」

という久通の言葉に、だが朔之進は明らかに不満顔をした。

「国許では、道場に通っておりました」

「だが、それほど熱心に通ってはおるまい？」

「…………」

問い詰められると、朔之進は忽ち返答に窮する。図星なのだろう。

「よいか、朔、本当に我が手で仇を討ちたいと思うなら、いまのままでは到底無理だぞ」

「ですから、殿様に剣を……」

「勿論教えよう。武士に二言(にごん)はない。だが、如何に俺でも、生まれたばかりの赤児を、いきなり立って歩かせることはできぬ」

「わ、私は、生まれたばかりの赤児なのですか？」

「先日、俺に斬りかかってきた太刀筋を見る限り、心得のある者とは到底思えぬ」

「ですが、道場には、本当に通っておりましたし、心得はございます。……確かに、殿の仰せのとおり、それほど熱心ではありませんでしたが……」

「では、流派は何だ？」

「え？」

「お前が通ったという道場の流派だ」

「ご、ご城下にただ一つの道場でありました故、流派とかは……」

「わからずに通っていたのか？」

「はい」

「では、道場主の名は？」

「………」

「それも、わからぬのか？」

「確か、梶……梶様でございます」

「梶？　梶だと？」

久通は少しく首を傾げた。

「名は？」

「………」

朔之進は黙って首を振る。

（梶といえば、確か、梶新右衛門が興した一刀流梶派があるが、播州あたりに道場を開いているのかのう？）

聞き覚えが、全くないわけでもなかったが、久通とて剣客の世界でだけ生きてきたわけではないので、判然とはしない。

しかし、剣客の世界自体は、広いようで実際には狭い。

「もしそれが、梶派の流れを汲む者の道場であったとしたら、俺とは別流儀ながら、一刀流の一派ということになる」

「そうなのですか」

と朔之進は目を白黒させるばかりである。

その様子を見る限り、嘘をついているわけではなく、懸命に記憶を手繰って梶という名を思い出したようではあるが、真実はわからない。

(仕方ない。……まあ、こやつのいう「心得」とやらを、見てやるか)

兎に角、言い訳できぬだけの己の力量を思い知らせなければならない。

「わかった。では、どの程度心得があるか見てやるから、庭に出ろ」

久通は朔之進を促した。

「はいッ」

朔之進は嬉々として久通に随った。

どうも彼は、師匠と手合わせすることだけを剣の稽古と思い込んでいるようだ。

その思い違いを、根底から正してやらねばならない。

朔之進に木刀を持たせて庭に出ると、対峙するのに手頃な植え込みのあたりに誘う。

陽当たりのよい縁先では、昼寝中の雪之丞が大きな伸びをし、再び丸まる。

「構えよ」

自らも自然な正眼に構えつつ、久通は朔之進に命じる。

「正眼に構えよ」

木刀を手にしたまま、戸惑う様子の朔之進に、久通は再び、具体的に命じる。

「はいッ」

朔之進は弾かれたように両手をあげ、一応それらしい形をとった。

「では、かかってこい」

久通は静かに促すが、朔之進は躊躇(ためら)っていた。真剣ほどではないが、木刀も持ち慣れぬ者の手にはそれなりに重い筈だ。長く同じ構えをとれば、両腕に相応の負担がかかる。

「どうした、朔？　稽古をつけてほしいのだろう？」

「はい」

「かかってこなければ、稽古にならぬぞ」

「は、はいッ」

久通に再度促され、朔之進は漸くジリジリと歩を進めだした。

草履を履いて砂利の上にいるため、道場の床の上ほど完全な摺り足にはなれない。

だが、それについては、寧ろ好都合だ、と久通は思った。仇討ちは通常屋外で行われる。それ故朔之進は道場剣術ではなく、屋外での戦いに慣れておく必要があるのだ。

「やぁーッ」

気合とともに、朔之進は大上段に木刀を振り翳し、思いきって間合いを詰めた。

が、振り翳した木刀を振り下ろすのと、間合いに踏み込む間が全然合わず、

「ああ」

勝手に蹌踉けて久通の足下にへたり込む。

「なにをしている？」

内心呆れ返りつつ、久通はその顔を覗き込んだ。

実際、ここまでひどいとは思っていなかったのだ。

（本当に、道場へ通ったことがあるのか？）

「つ、躓いたのです」

真っ赤になって朔之進は言い返し、直ちに立って再び構える。

「やぁーッ」

再び、かん高い気合。そして、大上段からの踏み込み。頼りなくふらつく足下——。

「あぁ……」

ふらふらと蹌踉けて、今度は久通をやり過ごして彼の背後でへたり込んだ。

「大丈夫か？」

「まだまだッ」

と言い返す言葉だけは不必要に威勢がよいが、その様子は、既に青息吐息である。

「いざッ」

再び立って大上段に振り翳すが、今度は容易に踏み込んで来ない。さすがに、醜態を三度続けることだけは避けたいのだろう。

（こやつ一体、なにがしたいのだ？）

久通は内心途方に暮れるしかない。

兎に角何合か打ち合ってみなければ真の力量を知ることもできないし、それができなければ、なにをどう教えればよいかを考えることもできない。

それ故、次に朔之進が打ち込んできた際には、彼が間合いに踏み込むのを待たず、こちらから受けにいってやろうと思っているのだが、如何せん、肝心の朔之進が打ち込んでこなければ、どうにもならない。

「早く、来ぬかッ」

久通は焦れて、つい声を荒げてしまった。

すると、その声に弾かれたが如く、絶望的に崩れた構えから、朔之進はただただ突進してきた。

(これでは、まともに打ち合うこともできぬ)

泣きたい思いで心中密かに嘆きつつ、久通は兎に角朔之進の振るう木刀に己の木刀を合わせにいった。

ごんッ、
軽い手応えがあり、久通がつい反射的に打ち返すと、
ごぉッ、

「ひゃわぁ〜ッ」

木刀同士のぶつかる低い打撃音と、朔之進の悲鳴がほぼ重なった。

次の瞬間、朔之進は木刀を取り落としてその場に尻餅をついている。

「ま、参りました……」

朔之進が泣きそうな顔で口走るのと、

「殿ッ、あまりでござりましょうぞッ」

　一部始終を見ていたらしい半兵衛が、縁先から裸足で飛び出してくるのが、これまた殆ど同じ瞬間のことだった。

「初心者の朔之進に、斯様な厳しい稽古を！」

（ええッ？）

　久通は即ち仰天するしかない。

（稽古と言えるほどのことなど、なにもしておらぬではないか）

「殿には失望いたしましたぞ」

「え？」

「これ朔之進、大丈夫か？」

「半兵衛様……」

「殿を信じたればこそ、そちの剣術指南をお願いしたのに、これでは全く話にならぬわ。ったく、こんなお方が、一刀流の免許皆伝とは片腹痛し。……どれ、朔之進、怪我はないか？」

「は、はい」

「しかし、痛かったであろう。見てやる故、はよう、こちらへ参れ」

「あ、いえ、それほどは……」

「よいから、参れ。……血が出ているのではないか？」

戸惑う朔之進を無理矢理引き立たせ、強引に促して、半兵衛は屋内へと去った。

（なんだ、これは――）

久通は半ば茫然とそれを見送った。

半兵衛と朔之進のあいだに、果たしてどれほど深い繋がりがあるのか、到底見当もつかない光景を目のあたりにした。その衝撃は、しばらく久通を打ちのめすこととなった。

但し、己の力不足を自覚した朔之進からは、毎日欠かさず、言いつけられた回数の素振りをする、という言質をとることができた。それだけで、とりあえず良しとしなければならないだろうということを、久通は理解していた。

彼の人生に於ける二人目の弟子は、残念ながら、最初の弟子ほど出来はよくない。

四

（三次が疑われたのは、三河町一丁目から鎌倉河岸界隈の火事だった。神田橋御門が近い）

このひと月のあいだに市中で起こった火事の記録をすべて読み終えた久通は、静かに冊子を閉じ、考え込んだ。

（風向きのせいで大事に到らなかったとはいえ、先日の数寄屋河岸の出火も、すぐ近くに数寄屋橋御門がある……）

数寄屋河岸の出火原因については、裏店の空き家の一軒から不審火が出た、ということしかわかっておらず、被害が少なかったこともあり、

「大方、近所に住まう者が夜陰に乗じて空き家で逢い引きでもしくさり、火の始末を怠ったのでございましょう」

和倉も、あまり熱心に調べようとはしていないようだった。

「付け火の可能性は全くないのか？」

久通が執拗に訊ねると、

「全くないわけではございませぬが――」

奉行の顔を立てて一応は取り合ってくれるものの、

「なにしろ、火もとである空き部屋は全焼してしまいましたので、調べようがないのでございます」

気の毒そうに告げるばかりであった。

それ故久通は、密かに荒尾を呼び、

「数寄屋河岸で出火があった晩、黒装束の者たちを見かけたという者がいないか、聞き込みせよ」

と命じた。

和倉とは、一応先日の《中井》の久次の一件で和解した形になっている。

この上なお彼の言を無視して火付け一味の探索を行えば、折角築きつつある信頼関係が台無しになってしまう。それ故、密かに調べさせようと考えた。そもそも、黒装束の一団の件は、荒尾からもたらされた情報でもあるし――。

「お奉行様も、まだ諦めておられなかったのですね」

「当たり前だ。和倉たちには気取られぬようにするのだぞ」

「わかっております。お任せください」

荒尾は快く久通の密命に従った。

しかし、荒尾の執念も、今回はそれほど上手くは作用しなかったようだ。

火事の規模自体がそう大きくなく、じきに鎮火されたことで、鎌倉河岸の火事のときほど大勢の見物人が集まってはいなかった、ということもあるのだろう。

火事は、対岸から見物する限り、己の身に危険が及ぶ心配はない。鎌倉河岸の火事の際には、一石橋から日本橋あたりまで、黒山の人集りがしていた、という。江戸っ子の火事好きばかりは如何ともし難い。

（この二件の他にも、このひと月のあいだに、御門近くで三件もの小火が――）

一旦は閉じた冊子を、久通は再び開き、そして見入った。

もし仮に、源助が小耳に挟んだとおり、何者かが御門を燃やそうとしているのだとしたら、その連中は一体なんの目的でそんなだいそれた真似をしでかそうとしているのだろう。

目黒行人坂の大円寺に放火して明和の大火を引き起こした破戒僧の真秀は、火盗改に捕らえられた後、火付けの理由を厳しく詮議されたが、結局確たる理由を口にすることはなかった、と言う。

女犯やお布施泥棒などの悪行が寺に露見し、僧坊から追われたことを怨みに思ってのことだろうという説に、多くの者は納得した。

本人も、そもそも寺だけを焼くつもりだったのに、その夜は思いのほか風が強く、忽ち近所に燃え広がってしまったのだ、と主張したらしい。

もし本当だとすれば、なんと愚かで浅はかな罪人なのだろう。主に紙と木でできた住居が密集する街中で火を放ち、目的の寺一軒だけを焼いて、それですむわけがない。

（はじめから、大火事を起こしてなにもかも焼き払うつもりで火をつけたのでなければ、なんの罪もなく巻き込まれて焼け死んだ大勢の者たちは浮かばれぬ。……下手人の真秀とやらは、地獄に堕ち、永遠に業火に焼かれ続けておらねばならぬ）

久通の脳裡を、若い頃目の当たりにした焼け跡の光景が過る。

（付け火は、一つ間違えば大惨事を招く。御門を焼こうとしている下手人は、もし首尾よく御門が焼けたとしても、御門だけですむと思うておるのか）

久通はじっと書面に見入ったまま、その隅から隅まで、何度も何度も読み返すのだった。

寄合のあとで、自分のところに寄るように、と老中——つまり、松平定信から呼ばれた。

三奉行による寄合の場に、老中は同席することもあれば、それではやりにくかろうと慮り、後刻報告だけを聞くこともある。

この日は筆頭老中の定信が自ら同席したが、勘定奉行による徴税に関する報告がかなり煩瑣なものであったため、

「のちほど書面にて確認しよう」

早々に退席し、自らの執務室に引き上げた。

その際、久通のみに、言い置いていったのだ。

(なんだろう。いやだなぁ……)

久通の胸には忽ち暗雲が垂れ込め、勘定奉行が話す内容も、全く耳に入ってこなくなった。

(どうせろくなことではないぞ)

だいたい、定信が久通に対してのみ、個人的に声をかけたことで座の雰囲気は白け、寄合自体が空疎なものと化している。

なんとか座を取りもとうとする勘定奉行が熱弁を振るった割には、その場の雰囲気がよくなることはなく、白々しい空気のままで寄合は終了した。

終わるとともに、

「玄蕃はこの後ご老中に呼ばれておる故致し方ないが、長州(ちょうしゅう)は我が屋敷に参れ」

寺社奉行の土井大炊頭は、聞こえよがしに勘定奉行を誘い、勘定奉行は唯々(いい)として従った。

(相変わらず、このお二人は仲がよろしいな)

多少羨ましく思わぬこともなかったが、所詮彼らと己とでは、住む世界が違っている。

（成り上がりの貧乏旗本は、ご老中のご機嫌を伺わねば――）

悄然と項垂れながら、久通は定信のいる執務室へと足を向けた。

老中は、通常ご城内の御用部屋を執務室とする。老中同士の合議もそこで行われることが多いが、定信はお城と評定所をほぼ同じくらいの割で行き来する、実に忙しい老中であった。

そうしないと、自ら得たいと思う情報を、充分に得ることができないのだろう。

「ご老中」

執務室の前で膝をつき、久通は呼びかけた。

「玄蕃か」

「はい」

「入れ」

「失礼仕ります」

言葉とともに障子に手をかけ、スルスルと引き開ける。

山積みとなった徴税、農政関係の書面に真摯な顔つきで目を通している定信をひと目見るなり、久通は多少申し訳ない思いにかられた。

二十八歳という若さで老中首座の重責を担いながら、その責務に押し潰されることもなく、ただ一心に、己の為すべきことを為そうとしている。元々意志が強く、一を知れば忽ち十まで察する聡明な青年だった。

それ故久通は、爾来定信を苦手としてきた。

（似ているのだ、あのお方に――）

その理由も歴然としている。

もとより定信のほうは、そんな理不尽な理由で久通に敬遠されているということを、夢にも知らない。

「その後、どうだ？」

久通の心中を知ってか知らずか、文机の上にひろげた書面から目を離さず、定信は問うた。書面からは目を離さないが、部屋に入った久通が己の前に腰を下ろし、きっちり一礼するまで、ちゃんと待っている。

「はい？」

だが、ゆっくりと顔をあげつつ、久通は定信から発せられる漠然とした問いに容易く当惑した。

「特段変わりもございませぬが……」

「町奉行の職には慣れたか、と聞いておるのだ」

「慣れるもなにも――」

定信の巧みな呼び水に誘導されて、つい勢い込んで言いかけるのを、さすがに久通は辛うじて止めた。

「どうした?」

書面より顔をあげ、はじめて定信は久通の顔を見る。その目が少しく笑っていた。

「いえ、別に……」

笑われたと知ると、久通は忽ち不機嫌になる。如何に身分が高く聡明であろうと、相手は十四も年下の若造だ。笑われて面白かろう筈がない。

だが定信は、幸い久通の心中に気づいていないようだった。

「慣れたか、と言うよりは、この場合多少の手応えはあったか、と訊くべきだな。どうだ、手応えは感じているか?」

「手応え、でございますか」

鸚鵡返しに言い返しつつ、久通は無意識に首を捻る。

嫌々授かった役目ではあったが、禄を頂戴している以上、最低限の責務は果たそうと思った。それ故自分なりにあれこれ試みたが、いまのところ、すべて空回りしている、という実情だ。思い立ってから、己の愚かさ無力さを思い知らされる日々は、口惜しくもあるが、定信の言う「手応え」的なものは、多少なりとも感じられている、といえるだろう。

しかし、そんな情けないばかりの己の毎日を、そっくりそのまま定信に報告できよう筈もなかった。

「どうだ、玄蕃？」

「手応えと言えるかどうかはわかりませぬが、己の無能と無力を思い知らされるだけの毎日にございます」

久通は仕方なく応えた。

「ならば、いますぐにでも職を辞したいか？」

「………」

これが一刀流ならさしずめ《切落》の素早さで即座に問い返され、久通は忽ち言葉に詰まる。

同時に、あれほど嫌がっていた筈なのに、「はい」と即答できぬ自分が、久通には不可解だった。

（やめたい、と言えば、辞めさせてもらえるかもしれんのだぞ）

もう一人の自分が、すかさず現れ、強い語調で囁きかける。

（だが、このまま辞めるのは、あまりに無様ではないか）

更に別の自分が、さほど語気強くはないが心の何処かで主張する。

（何一つ為さぬまま職を辞して、恥ずかしくはないのか）

思いがけず興った己の心の声に、久通は戦いた。それが、己の声ではなく、亡父の声だと瞬時に察したが故だ。

（父上――）

思わず声を出しそうになったところへ、

「どうなのだ、玄蕃？」

定信から、重ねて問われた。

「辞めたいのか、辞めたくないのか？」

「いえ……」

そのおかげで、久通はどうやら平静を取り戻す。

「いまはまだ、辞めたくはありませぬ」

「何故だ？」

「非才にして非力な我が身なれども、せめて一つくらいは、お役目を果たしとうございます故――」

「そうか」

内心の嘆息をひた隠し、定信は聞き流した。

久通の言い様は如何にも平凡で在り来たりだが、それだけに実(じつ)がある。そして、定信が、密かに久通に期待するところがあるとすれば、その、目に見えぬ「実」というものにほかならなかった。

世の中に、才ある者、学問に優れた者は少なくない。そういう者は、自ら鮮やかな光彩を放ち、頭角(とうかく)を現す。並外れた才智も学識も、誰の目にも明らかなものだからだ。だが、「実」とか「真(まこと)」といった目に見えぬものはわかりにくく、理解もされにくい。

それ故にこそ、

（得難いものなのだ）

というのが定信の信条であった。

権力者となった定信の周囲には、自らを高く見せることで定信の歓心を得ようという輩(やから)が大勢集まっている。そういう者たちを、適材適所、巧く利用すればよい、と定信は考えている。使えるものは使い、使えなくなれば捨てればよい。

だが定信にとっての久通は、そうした使い捨ての才能とは一線を画した存在である。

(兎に角、町奉行という職に意欲を持ちはじめたのなら、それでよい)

久通の面上にほんの一瞬視線を注いでから定信は思い、そろそろ話も尽きたので退出させようと考えたところに、

「ところで、ご老中――」

ふと久通が、切り出した。

「ん？」

「一つ、お尋ねしてもよろしゅうございますか？」

「なんだ？」

「たとえば、の話でございますが――」

と久通の話は例によって間怠(まだる)っこい。

「だから、なんだ？」

定信は焦(じ)れて、つい厳しい口調になる。

すると久通は忽ち躊躇し、口ごもる。そういうところ、気の利かぬ女のようで、定信は益々焦れるが、懸命にひた隠し、

「早く言わぬか」

久通をこれ以上躊躇わせぬよう、殊更優しい口調で促す。

「たとえば、お城の御門……お壕の内の御門が何者かによって焼かれるというような事態が出来(しゅったい)したといたしましたならば、一体誰がその責めを負うことになりましょうか？」

「なに？」

久通が発した問いの意外さに、定信は少しく顔色を変える。

「矢張り、町奉行たるそれがしでござりましょうか？」

「いや、違うな」

更に、恐る恐る述べられた追加の問いに、定信はあっさり首を振った。

「では、一体誰が——」

「決まっている」

遠慮がちな久通の言葉を中途で遮り、

「私だ」

事も無げに、定信は答えた。

「え？」

「お城の御門とは即ち、上様のおわす御本丸そのものにほかならぬ。お壕の内となれば、尚更だ」

「では……」

「上様のお住まいになる城の御門を焼くのは、上様への謀叛に相違ない。だが、上様に対する謀叛を止めることができず、むざむざ御門を焼かれたとなれば、それは我ら臣下の責任だ。故に、責めを負うべきは、筆頭老中たるこの私であろう」

「………」

断固たる定信の言葉に久通は沈黙し、そして同時に困惑した。

「ご老中が、責めを負うのでございますか？」

弱々しく問い返したときには、果たして前世でどのような罪業を犯せば、こんな羽目に陥るのだろうかと、己の運命を激しく呪った。

(どういうことだ？)

それほどに、このとき久通は混乱していた。

(御門が焼かれれば、ご老中がその責めを負う、だと？)

「それはまことでございまするか？」

「ああ、まことだ」

「では、一体何処の誰が、ご老中に責めを……失脚させようと企むのでございましょう？」

「玄蕃、お前……」

あまりにも幼稚な久通の問いに、定信は一瞬間絶句した。

「本気で訊いておるのか？」

次いで甚だ呆れ、

「私を失脚させようと企む者など、それこそ、浜の真砂の数ほどおろうぞ」

苦笑とともに、言い放つ。

「たとえば、田沼——失脚したとはいえ、長きに亘り、権勢を恣にしてきた。奴の息のかかった者は、いまなお幕閣内に数多くとどまっておろう。私が足下を掬われれば、そうした者共が再び田沼を担いで反撃に出るだろう」

と寧ろ楽しげな様子で語る定信の顔を、久通は茫然と見つめ返した。

いまのいままで、予想だにしていなかった定信の言葉に戦くばかりでなにも言えない。こんな卑怯な不意打ちは、どんなに邪道な流派の奥義でも、滅多にないだろう。

そう思うと、忽ち泣きたくなる。

泣きたくなりつつも久通は、だが、

（ご老中の失脚を田沼様が画策しているなど、もし本当なら、最早町奉行の職域をはるかに超えているぞ）

泣きたいほどの愚痴の鋒を、果たして何処へ向ければよいのか、懸命に思案していた。

第四章　藤堂屋敷

一

藤堂家といえば、一般には伊勢津藩二十七万石の藤堂家をさす。

当主は藤堂和泉守。当代の高嶷は、藩祖の高虎から数えて九代目にあたる。元は分家である久居藩の当主であったが、本家の後嗣が途絶えたため、養子に入って家督を継いだ。

尤も、五代藩主高敏、六代藩主高治、七代藩主高朗、何れも、久居藩主を経て、津藩藤堂家を継いでいるため、本家と分家の別も最早渾然としていたが。

そもそも豊臣家恩顧の外様でありながら、藩祖・高虎は江戸城の普請で功績をあげるなど、早くから譜代の扱いを受けてきた。

その藤堂家の上屋敷は、神田佐久間町にあるが、ほぼ同じ町内といっていい御徒町に、分家である久居藩の上屋敷もあった。

それ故、源助が、その日たまたま気まぐれに店を出したのは、本家の上屋敷ではなく、分家である久居藩の上屋敷周辺ではなかったかと、久通は予想した。

二十七万石ほどの大藩の上屋敷周辺ともなれば相応に警備も厳しく、気安く屋台の蕎麦屋を商うことは難しいからだ。

それに比べて、久居藩の石高は五万三千石。当然上屋敷の規模も、警護の数も本家の津藩とは雲泥の差だ。

そういえば、お壕の内に店を出すのは敷居が高い、と源助は言ったが、お壕の内であっても、奉行所の周辺は人の出入りが多いので、屋台を出すのもそれほど無理な相談ではないと、久通は思うのだ。日中ならば、訴え事をしにくる者も多いから、蓋し、よい商売になるだろう。

それに比べれば、寧ろ参勤で当主が滞在中の大名家の上屋敷のほうが、余程敷居が高かろう、と久通は思った。それ故、源助が、藤堂様のお屋敷、と言ったとき、「どちらの藤堂様だ？」と、敢えて問うた。

町人の源助に、大藩の本家・分家の違いなど、詳しくわかり得よう筈もない。

（そもそも、藤堂家のお屋敷というのも源助の言うこと故、あてにはならんがな。……仮にあり得るとすれば、久居のほうだろう）

源助が店を出したと言う向柳原のあたりは、藤堂家の他、対馬藩主の宗家、秋田藩主佐竹家など、大名の上屋敷の多い大名小路で、町場の者が気軽に屋台を出せるとは思えなかった。

それでも、源助が嘘をついているとも久通には思えず、小路を挟んで津藩藤堂家上屋敷の真後ろにある久居藤堂家上屋敷の裏口を、荒尾小五郎と彼の配下の目明かしたちに見張らせた。

ちょうど、屋敷の裏口が一望できるあたりに手頃な蕎麦屋があり、荒尾らは交替でその店に詰めるという報告があった。

「どうだ、なにか動きはあったか？」

荒尾に見張りを命じたその翌日、久通も自らその店に出向いた。

定信の口から、「私を失脚させようと企む者など、数えきれぬほどいる」と聞かされたばかりなので、久通の顔色は全く冴えない。

「お奉行様」

言いかける荒尾を、だが久通はすぐ目顔で制し、

「誰が聞いているかわからん。奉行所の外で俺を呼ぶときは、『旦那』と呼べ」

真顔で告げた。久通は屋台めぐりをする際の素浪人姿である。

「では、旦那…様——」

その姿にも言葉にも戸惑いつつ、荒尾は報告を続けた。

「昨日より、怪しげな浪人者が多数藤堂家の裏口より出入りしております」

「なんだと？」

「昨日から、我らが数えただけでも十人は下りません。二刀を帯び、明らかに侍の風体をした者から、破落戸のような者まで、身形はさまざまでしたが」

「十人もか？」

「はい。出て来た者が何処へ向かうか、甚八にあとを尾行けさせました」

「それで、甚八は戻ってきたのか？」

「いいえ、いまより半刻ほど前に行ったきりでございます」

「半刻前？……するとその浪人どもは、昨日藤堂屋敷に入り、ひと晩屋敷の中で過ごしたというのか？」

「はい、そのとおりでございます」

「一体なにをしていたのだろう？」

「さあ……」

「………」

荒尾は口ごもり、久通は容易く言葉を失った。

源助の言葉を頭から鵜呑みにしたわけではない。寧ろ半信半疑であった。もし仮に、事実であったとしても、浪人たちがまさか藤堂家に直接出入りしているとは夢にも思っていなかった。

藤堂家の屋敷の近くに彼らの溜まり場があり、たまたま久居藤堂家の裏口近くに店を出していた源助の屋台に足を止めただけのことだと思っていた。

久通はそのことを確かめるため、荒尾らに見張らせたのだ。

（どういうことだ？）

久通は懸命に事態を把握しようとしたが、ただただ混乱するばかりであった。

浪人者など大勢雇い入れて、藤堂家は一体なにをしようとしているのだ。

本当に、御門を焼かせようとしているのか。

御門への狼藉が将軍家への叛意の表れであるとするなら、藤堂家は、本当に謀叛を企んでいるというのか。それとも、筆頭老中の定信を退けたいだけなのか。

（わからん）

そして容易く、途方に暮れた。

元々、その種のことに知恵を働かせるのが苦手な上、関わっている案件の規模がどんどん大きくなってゆくような気がする。

いや、決して気のせいではないだろう。はじまりは、火付けの一味を捕らえようという、町奉行として当然の責任感から生じたことだ。

それが、この短期間に、大それた謀叛の企みにまで膨れあがっているではないか。

(違う。これは最早町奉行風情の職権でなんとかできる問題ではない)

と結論を下したい久通ではあったが、結論づけたからといって、それで打ち棄てられる問題ではないことも承知している。

(ともあれ、藤堂家が本当に謀叛を企んでいるのかどうか、調べねばならん)

悲壮な決意を固めつつ、久通はその店の蕎麦を食べた。屋台の料理は屢々食してきた久通だが、このようにきちんと軒のある店舗を構えた店に入ったことはあまりない。

或いは、はじめてかもしれなかった。

(屋台の二八蕎麦とどう違うのかな)

という興味はあったが、結局出汁の味や蕎麦の風味をろくに楽しむ余裕もなく、ただぼんやり口中に蕎麦を流し込んでいただけだった。

一応藤堂家に出入りする浪人者たちの姿を確認後、甚八が戻るのを待たず、久通は重い足どりで帰路についた。

道々、途方に暮れている。

（だが、大名家の内情など、一体どうやって調べればよいのだ？）

それこそ、町奉行の職域を大きく逸脱している。本来、老中や大目付が取り扱うべき案件ではないか。

いっそ、定信に報告すべきかとも思ったが、

（いや、しかし、それでは大事になりすぎる。浪人が多数出入りしているというだけで、他に確たる証拠もないのに、滅多なことは言えぬ）

久通はすぐに心中激しく首を振った。

（もし間違いだったら、大変なことになる）

チラッと想像するだけで、血の気のひく思いがする。

できれば、大名家の事情に詳しい者にでも雑談めかして聞き出せるなら、それが最も望ましい。

（誰かいないか、誰か？）

大目付そのものが無理なら、目付から大目付に出世した者に知り合いはいないか。

かつて久通自身が、目付の役を経験している。久通には些か難しい職務であったが、元来粗探しを得意とする者は、何処にでもいるものだ。粗探しが上手く、要領のよい者なら容易く手柄をたてて出世している筈だ。

それ故、当時の同僚たちの顔と名を、懸命に思い出そうとした。

（一人くらいはいる筈だ）

と己に言い聞かせ、七年前に思いを馳せた。だが、

（一人くらいは……）

祈るような気持ちで己の記憶を手繰るものの、全く一人も、思い出せなかった。

そもそも、その当時の久通は何事にも投げやりで、何事にも興味がもてなかった。出世をしたいなどとは夢にも思わず、ただお城と自邸を往復するだけの虚しい毎日だった。同僚の誰とも親しく話をしたことがないのだから、覚えていないのも当然であった。だが、

（大名家の内情に詳しい者……）

思いつく者が、全く一人もいないわけではない。

久通とて、西丸書院番をはじめ、西丸目付、小普請奉行と、そこそこの職を歴任してきている。殿中に於ける知り合いの数は決して少なくない。

少なくはないが、親しいかといえば、必ずしも親しくはないのだ。親しくない者に、迂闊な言葉を漏らすわけにはいかない。

（どうしたものか――）

更に途方に暮れかけたとき、

「玄蕃殿ではござらぬか？」

不意に声をかけられ、久通は画然我に返った。直ちに振り向くと、

「そのお姿、貴殿も微行（おしのび）であろうかの？」

黒縮緬の小袖に渋い朽葉（くちば）色の袖無し羽織、という武家の若隠居といった風体の男が行儀の悪い懐手（ふところで）で、気さくな笑みを見せている。日頃の姿とあまりに違うため、一瞬間誰なのかわからず、わかったとき、

（えッ?!）

心の中でだけ仰天した。

「こ、これは長門守様――」

久通は思わず口走った。だが、

「互いに微行の最中じゃ。無粋な挨拶はなしにしましょうぞ」

と、微行姿が板に付いた勘定奉行・柘植長門守から意味深な笑顔とともに言われる

と、忽ち言葉を失うしかない。

「まあ、飲もうではないか」

「はい」

長門守・正寔から傾けられる酒を、少しく緊張しつつ、久通は小さな猪口に受けた。

「さ、遠慮なさらず」

「はい、頂戴いたします」

促されるまま、久通はひと息に猪口の酒を飲み干す。

「まさか、玄蕃殿も微行のご趣味をお持ちとはな。嬉しい限りじゃ」

「いえ、それがしは屋台専門でして――」

思わず口走りそうになる言葉を、久通は間際で呑み込んだ。

評定所で会うと、緊張してろくに口もきけぬ相手なのに、市中の居酒屋で、互いに微行姿であるせいか、つい気安い心持ちになってしまう。

「玄蕃殿はなにがお好きかな?」

「それがしは寿司や天麩羅が……」

「おお、天麩羅か！　それはよい！　揚げたての天麩羅を一口食し、すぐに冷えた酒を流し込む。……想像しただけで、たまらん。あとで穴子の天麩羅も注文いたそう」

「…………」

「斯様に見窄らしい店構えなれど、ここの料理はどれも絶品ですぞ。……騙されたと思うて、この煮穴子、食してみなされ」

「あ、は、はい、いただきます」

勧められれば、断る道理はない。久通は即ち箸を付けた。一口口に入れ、咀嚼するかしないかというところで、

（なんだ、これは）

久通は忽ち戦いた。

（美味い……美味すぎる）

戦くほど、美味かったのだ。

「如何かな？」

「大変、美味しゅうございます」

久通は素直に応じた。

「それがし、若年の頃より、市中の屋台を食べ歩くのを唯一の楽しみとしてまいりましたが、こうした酒肆に入るのは実ははじめてでして……」

「ほう、屋台を好まれるか。それはまた、よいご趣味じゃ」

長門守は感心したように言いつつ、久通の猪口に酒を注ぐ。

「いえいえ、若い頃は薄給でありました故、とても八百善のような料亭へ行くことはかなわず……それでも、家で食わされる飯よりは多少なりともまともなものを食したい、との願いにて……」

「武家の膳は味気ないものですからな。……ましてや、昨今は万事質素倹約……しかし、屋台にせよ、こうした居酒屋にせよ、我ら武士より、下々の者たちのほうが、日々美味いものを食しておる。理不尽なことじゃの」

「まことにもって――」

自らも徳利を手にとり、長門守に返杯しながら、久通は何故か十年来の友と酒を酌み交わしているかのような錯覚に陥った。

相手は、柳生家とは比べものにならない大身の旗本当主で、久通より十も年上であるにもかかわらず、だ。

長門守の微行姿があまりにもは嵌り過ぎている上、そのゆったりとした居ずまいが、そばにいてこの上もない安心感をもたらしてくれる。

(このお方になら、或いは……)

なんの根拠もなく、久通がふと思いかけたところへ、

「ところで、玄蕃殿、なにか思い悩まれておられるか？」

長門守は口調を変え、真顔で久通に問いかけた。

「え？」

「最前、街中でお見かけしたとき、いまにも両国橋から身を投げるのではないかと思うほど、思いつめた顔をしておられた。……少なくとも、息抜きの微行を楽しんでいる顔ではなかった」

「長門守様」

鋭く指摘されて、久通も表情を引き締めざるを得ない。

（このお方になら、話してみてもよいのではあるまいか）

それこそ、なんの根拠もない唐突な思いつきだった。

だが、大勢の人が行き来する街中で、打ち拉がれた顔の久通を見つけ、声をかけてくれたのは長門守のほうだ。そういう人物であれば信用できるし、頼ってみてもよいのではないか。

これまで、友と呼べるほど親しく接した者もなく、妻も娶らず——当然、誰にも心を許さずに生きてきた久通が、だ。

「まあ、同じ微行の趣味を持つ者同士、ここで話したことは、この場だけのことにいたしましょうぞ。次に評定所でお目にかかるときには、お互い、忘れている、ということで。それなら気軽に話せるのでは？」

「………」

「話せば多少は楽になるかもしれませぬぞ」

「実は……」

長門守の巧みな呼び水によって、久通は忽ち堰を切ったように話し出した。

久通が夢中で話すその一語一句を、長門守は真剣な面持ちで聞いていたが、やがて聞き終えたとき、意外にも愁眉を開いて笑顔になった。

「鱈昆布と穴子の天麩羅、それに酒二合」

と店の小僧に追加注文してから、

「町奉行という職も、ご苦労が絶えぬのう。いや、下々の暮らしに直接関わっているという意味では、最も大変な職務でござろう。お察しいたす」

しみじみとした口調で長門守は言い、久通の顔をじっと見返した。

「それ故、しくじることは許されぬ。……下手人を取り逃がすのはもとより、罪なき者を間違えて罰するなど、決して、あってはならぬことでありましょうからのう」

「…………」

温かみに満ちた長門守の言葉に、久通はいまにも涙が溢れそうな心地だった。瞼の裏が熱くてたまらず、目を閉じながら、天を仰いだ。ここで容易く泣いてしまうような失態だけは絶対にしでかしたくなかったのだ。

二

嫡流が四代で途絶え、久居から養子を迎えるようになった頃から、藤堂家はひどい財政難に陥った。

事の起こりは、四代藩主高睦の時代に、地震等の災害が相次いだことによる。外様でありながら、なまじ譜代の扱いを受けていたことが仇となり、幕府からは度々手伝い普請を要請された。その莫大な出費に加えて、天災・凶作も度重なった。

当代高嶷が藩主の座に就くと、早速藩財政の再建を中心とした藩政改革を行うこととなったが、結果的にはそれが最悪の事態を招いた、といえるかもしれない。

綱紀粛正・倹約・植林や養蚕の奨励など、高嶷は、考えられる限りの政策を打ち出した。そしてそれを、強引に実行しようとした。

が、あまりに性急すぎる改革は周囲の激しい反発を受けることになる。

それ故、つい最近、領内でかなり大規模な百姓一揆が発生した、という。

ために、高嶷の改革は挫折した。

失意の藩主は、失意のまま参勤のため江戸に出府し、鬱々とした日々を過ごしている。

「それ故、藤堂候は確かに窮しておられるかもしれぬ」

と、長門守は教えてくれた。

長門守は、勘定奉行の前職は作事奉行、それ以前は長崎奉行や佐渡奉行など、長年遠国奉行職を勤めてきた人だ。江戸を留守にすることのほうが多かった筈である。

それでいながら、彼が大名家の——それも、外様のお家事情に、そこまで精通していることに、久通はただ、尊敬の眼差しを向けるばかりだった。

「城勤めが長いと、それだけで、さまざまな噂が耳に入ってくるものよ」

久通の眼差しに気づいた長門守は事も無げに言い、次いで、久通が最も知りたいであろうことを、易々と口にした。

「だが、それだけの理由で、藤堂家が謀叛を企んでいると考えるのは早計でござるよ」

「………」

「藤堂家は、外様であっても譜代の扱いを受けてきたお家柄。九代も代を重ねれば、最早完全に譜代と思うたほうがよい」

「はい」

「そうである以上、藤堂家が謀叛を企むなど、到底あり得ぬ。第一、御門を燃やしたりすれば、新しい御門の普請を頼まれるのは、その藤堂家かもしれぬのですぞ」

あまりにもっともな長門守の言葉に、久通はしばし返す言葉もなく沈黙した。

事情通な上に、思慮深い。或いは久通が知る中で、最も優れた人物といえるかもしれない。

（だが……）

ただ一つ、久通の胸に残る疑問にも、容易く思い至ったのであろう。

「そうそう、藤堂家に出入りしているというその浪人者どものことだが――」

長門守は、一旦閉ざした口を再び開く。

「おそらく賭場(とば)の客ではなかろうかのう」

「え、賭場？」

久通は当然絶句する。

「はて、賭場とは？」

「ガラの悪い渡り中間などを大勢雇い入れている武家屋敷では、よくあることらしいのだが、中間部屋で密かに賭場を開き、外から客を招き入れるのでござる」

「何故武家屋敷で賭場を？」

「客が、夜毎大金を落としてくれるから。……賭場というところは、確実に筒元が儲かる仕組みになっているらしいからのう」

「そう…なのですか？」

恐る恐る久通が問い返すと、

「ああ、よくあることだと心得られよ」

事も無げに即答し、長門守は言葉を続けた。

「さすがに、大名屋敷で、というのは儂もはじめて聞くがのう。……御本家が財政難であれば、当然分家の久居藩もそのしわ寄せを被ろう。御当主は与り知らぬことであろうが、多少なりとも日銭を稼ごうと、江戸家老ぐるみでやらせているやもしれぬ」

「まさか……」

「玄蕃殿」

長門守はそこでふと顔つき口調を改めた。

「貴殿は町奉行であられる」

「はい」

「町奉行の権限が大名家に及ばぬことは、当然存じておられる」

「それはもう――」

「されば、賭場の件は、お忘れになることだ。藤堂家のお屋敷内で何が行われていようと、それは貴殿の与り知らぬこと。……そうではござらぬか？」

「………」

久通は答えられなかった。

長門守の言葉によって混乱を来(きた)してしまったからに相違ない。長門守の言いたいことはぼんやり察せられたが、本当にそれでよいのか、自信がなかった。

「長門守様」

「誰が聞いているかわからぬ。それがしのことは、『旦那』と呼びなされ」

思いつめた顔つきの久通に、ふと声をおとして長門守が言ったのは、明らかにその気勢を殺(そ)ごうとの目的に相違なかった。現に長門守の一言で、久通の中に萌(きざ)した気負いはふっつり途切れた。

「旦那…様」

それ故同様に声をおとして、久通は呼びかけた。

「久居藤堂家の裏門を訪れる胡乱な者どもが皆、中間部屋の賭場をめあてに来ているということを確かめる術はございましょうか？」

「確かめたいかのう？」

意味深な目つきで長門守は問い返す。

「はい、できれば」

縋るような思いで久通は答えた。

そのとき、長門守は僅かに口の端を弛めて微笑したように見えた。

「されば、屢々訪れている者の一人に狙いをつけ、そのあとを尾行け、そやつが飯屋か居酒屋などに入った際、隣の席に座り、なにか理由をつけてそやつと言葉を交わし、知り合いになることじゃ」

「はい」

「そやつに対して同じことを何度か繰り返し、更に親しくなる。親しくなった後、『何処か、よい賭場を知らぬか？　できれば、地廻りなどが関与せぬ、後腐れのない賭場で遊びたいのだが』と持ちかければ、或いはそやつの手引きで、藤堂家の中間部屋に連れて行ってもらえるやもしれませぬ」

「親しくなるまでに、少々ときがかかり過ぎませぬか？」

「ときをかけるのがおいやであれば、常連の浪人どもが入る際、強引に一緒に入ることもできぬことはありますまいが……」

長門守は少しく眉を顰めた。

「それをすれば、藤堂家との軋轢は避けられませぬぞ。いやしくも大名家の上屋敷に、探索の目的で侵入しようというのですから」

「しかし、常連の浪人を籠絡し、その者とともに入ったとしても、結局は奉行所の手の者が探索目的で侵入することになるのではありませぬか？」

「奉行所の者であることが、藤堂家の者に知られずにすめば問題はありますまい。……常連の浪人とともに入れば、その者は、あくまで、常連の浪人の、連れの浪人でござる」

「…………」

「玄蕃殿は、屋敷を訪れる浪人たちの目的が賭場であると確かめたいだけなのでござろう？　それとも、まさか賭場を暴くことが目的でござるか？」

「い、いいえ、滅相もない！　浪人どもの目的が確かに賭場なのだと確かめることができれば、それで充分でございます。……賭場を暴こうなどとは、夢にも思うておりませぬ」

「では、手間を惜しんではなりませぬな。……確かめるということのために、誰も傷つくことがあってはなりませぬ。手間をかけるには、それなりの理由があってのこと。お若い玄蕃殿には、些か面倒に思われるかもしれませぬが――」

「い、いいえッ」

長門守の言葉を、だが真っ赤になって久通は遮った。

「それがし如き未熟者が、長…旦那様のお心もわからず、愚かなことを申しました。どうか、おゆるしを――」

「玄蕃殿」

「だ、断じて、旦那様のお言葉を疑ったわけではございませぬ」

「だから、そう畏まらずとも……」

長門守はさすがに閉口した。大仰に恐縮する久通を、このとき長門守は、内心持て余していたことだろう。

「旦那様のお言葉が正しいことはわかっております。わかっておりますが、矢張り確かめたく思うたもので……重ね重ねのご無礼、お許しくださりませ」

「無礼と思うなら、儂の酒を飲め」

持て余した長門守は、言いつつ手許の徳利を取り、久通の猪口にグッと注いだ。

「飲め」

「はい。頂戴します」

久通は素直に酒を飲んだ。

器の酒は既に冷めていたが、興奮して火照(ほて)った体には、冷や酒くらいがちょうどよかった。

三

帰宅して後、久通はしばし一人で考え込んだ。

街中で長門守と出会ってから、居酒屋でともに酒を酌み交わしたひとときが、いまとなってはまるで夢のように思える。家族・家人以外の誰かと、ともに飲食しながら歓談するなど、一体いつ以来のことだろう。

しかし、なにをどう考えようとも、

(長門守様は素晴らしいお方だ)

という結論にしか到らぬことに、一刻ほど考えて後、やっと辿(たど)り着いた。

なによりも、彼と過ごした寸刻のときは、久通にとってはまことに心地よく、一人で屋台めぐりをしているときと同じくらい、楽しいひとときだった。

何故それほど心地よかったのかを思い返してみると、長門守は、久通が自ら語らぬ限りは、殊更久通になにかを問う、ということがなかったからだと気がついた。

間違っても、

「未だに独り身であられるのは何故か？」

などという問いは発さない。

久通が、そもそも誰とも馴染まず、上役とも同僚と連むことも嫌ったのは、そのことを問われるのがなにより嫌だったからだ。

「妻を娶り、子をなしてこそ、一人前の男子ではないか」

久通の知る、歴代の彼の上司たちは皆、判で押したように同じ言葉を口にした。よい歳をして、独り身である久通を全否定し、何故妻を娶らねばならぬのか、その理由を、懇々と説教してきた。正直、うんざりした。

妻を娶らず、家族を成さぬことに関して、誰にもなにも、意見などされたくはないのだ。

しかし、一、二度、酒席をともにすると、彼らは途端に狎れた口をききはじめる。

中には、

「よきお相手がおらぬか、親戚の者にでも頼んでみよう」

などと言い出すお節介な上役もいて、久通は屡々絶望的な気持ちに陥ったものだった。

大抵の他人は、己以外のことになどさほど興味もないくせに、その興味のないことを平気で問うてくる。

それ故久通は、いつしか他人と親しむことを避けるようになった。

久通に屋台の楽しみを教えてくれた番頭(ばんがしら)のような者とは、その後遂に出会うことはできなかった。

(しかし、あのようなお方であれば、今後も安心して相談事ができる。まことによいお方と知りおうた)

住む世界が違う、と避けていたことも忘れ、久通が手放しで長門守の人間的魅力を賛辞しているところへ、

「殿様——」

ふと、障子の外から朔之進が呼びかける。

「なんだ、朔？」

久通は忽ち我に返った。

「お茶をお持ちいたしました」

そろそろと障子を引き明け、ゆっくりと躙り入って白磁の茶碗を差し出す朔之進を、久通は鷹揚に労った。

「おお、大儀」

そうしないと、たったいままで己が考えていたことを容易く朔之進に見抜かれてしまいそうで、少しく不安だったのだ。他人に対して、心を開く己というものを、一方で久通はとても不安に感じている。

「どうした、朔？　なにか俺に話でもあるのか？」

茶碗を手にとった久通が一口茶を啜るのを見ても、黙って彼の側に居続ける朔之進を、久通は忽ち不審に思う。

「お暇でございますか、殿？」

「なに？」

「もしお暇なようでしたら、一手御指南願えませぬか？」

思いつめた様子で問うてくる朔之進に、久通は容易く当惑した。

朔之進の腕が、初心者以前の代物であると知った最初の稽古の日から、もとより久通は、朔之進に稽古をつけてはいない。

「なにを言うか、俺は別に暇ではないぞ」

「ですが……」

「なんだ」

「のんびりお茶を喫しておられます」

「茶を喫しているからといって、暇なわけではないぞ。のんびりもしておらぬし。……ほんのひと息ついておるだけではないか」

「そう…ですか？」

「ああ、そうだ。山積みの報告書に目を通したり、為さねばならぬことは山ほどあるのだ」

「………」

「だいたいお前、素振りはちゃんと続けているのだろうな？……まともに打ち合うこともできぬ者に、一体何を教えろというのだ」

「素振りは毎日やっております。朝と夜と、百回ずつ……半兵衛様に聞いていただいてもかまいません」

（半兵衛はすっかりお前の味方だ。本当のことなど言うものか）

内心呆れ気味に思いつつも、久通はふとあることに思い至り、朔之進を見返した。

(そもそも、事の始まりは、こやつの仇である沼間井ではないか)

ということを、漸く久通は思い出したのだ。

(俺は、肝心なことを、思案の外においていた)

源助はあのとき、あやしい浪人者が、「御門に火をつける」等の言葉を口走ってから、藤堂家の上屋敷に消えていった、と言ったわけではない。

朔之進が追っている仇と思われる沼間井剛右衛門らしき男が自分の屋台で蕎麦を食い、連れの者となにやら危険な会話を交わして立ち去った、と言ったのだ。

(ということは、沼間井を見つけることこそが、焦眉の急ではないか)

「朔、お前に一つ頼みたいことがある」

気づくと忽ち前のめりになって朔之進に迫る。

「な、なんでしょうか?」

久通の勢いに、無意識に怯えつつ朔之進は問い返す。

「いや、頼みとはいっても、これは、結果的にお前のためにもなることなのだ」

「………」

怯えた朔之進が難色を示したように見えたため、久通は慌てて言い募り、朔之進は一層怯えることになる。

国許を出てから最も信用できる人だと見込んだ久通が、このとき朔之進の目には、まるで甘言を弄して田舎者の有り金を巻き上げようとする遊廓の客引きのように見えた。

朔之進に久居藤堂家周辺の見張りを命じると同時に、久通は直ちに、長門守から教えられたことを実行した。

即ち、藤堂家に出入りする浪人者たちが、本当に屋敷内の賭場目的で出入りしているのかどうか、確かめることである。

「え、それがしがやるのでございますか？」

久通にそれを命じられたとき、荒尾はあからさまにいやな顔をした。

「いやなのか？」

「い、いいえ」

即座に否定したが、本音は満面に表れている。

（仕方なかろう、ほかにおらぬのだから）

内心では申し訳なく思いつつも、

「和倉たちには気づかれぬよう、上手(うま)くやれよ」

毎度お馴染みの台詞(せりふ)を、久通は口にした。

さしたる理由もなく藤堂屋敷の裏口を見張らせていたことを知られれば、また何を言われるか、わかったものではない。それ故屋敷を訪れる浪人たちの目的を一刻も早く確かめ、撤収したい。

「承知いたしております」

今度は内心をひた隠し、神妙な顔つきで荒尾は応じた。

そもそも、新任の久通にさまざまなことを吹き込み、その気にさせてしまった責任の一端が己にあるということを、荒尾とて、充分自覚している。

久通の命(めい)を承(う)けた荒尾は、直ちに自ら浪人風体となり、藤堂家に出入りする浪人たちを物色(ぶっしょく)した。

「最も出入りの甚(はなは)だしい浪人者と、接触いたしました」

間もなく荒尾から報告があった。

久通から（実際には長門守からだが）言われたとおりの方法でその浪人者と懇意になり、遂に藤堂家への同道を許されるまで、僅か三日しかかかっていない。

（意外だな）

久通は密かに舌を巻いた。

武骨な荒尾に、そんな難しい囮(おとり)の役目が務まるのかどうか内心不安であったが、或いは如何にも武骨なその風貌が、却って相手の信頼を勝ち得たのかもしれない。それに、元々奉行所同心にあるまじき風貌の持ち主だ。黒の紋付き羽織より、浪人姿のほうが余程堂に入っていたことだろう。

ともあれ、荒尾の成功により、藤堂家に出入りする浪人たちの目的が中間部屋で夜毎開かれる賭場なのだということが証明された。

それが判れば、それ以上藤堂家の内情に深入りしないほうがよい、というのが、長門守からの忠告だ。もとより久通にはその忠告に逆らう気などない。

（あとは朔が、沼間井を見つけ出せばよい話だ）

久通は根拠もなく楽観視していた。

それは、藤堂家ほどの大藩が謀叛を企んでいたわけではなくて本当によかった、という安堵からくるものだった。

この上は、沼間井とその仲間を捕らえ、奴らの企みのすべてと、その黒幕を突き止める。

（町奉行として、必ずやり遂げねばならん）

己の為すべきことに漸く行き着いたという充実感が久通を満たし、すっかりいい気にさせていた。

のちに久通は己の迂闊さを大いに恥じることとなるが、このときは未だ、肝心の朔之進がどのような心持ちでいるかなど、全く想像が及ばなかった。

四

「沼間井を見つけたら、気づかれぬようにあとを尾行け、何処かに行き着くまで見張れ」

と、久通から命じられた。

「はい」

朔之進は当然従った。

「よいか、朔、憎い仇を見つけたからといって、くれぐれも、その場で挑んだりしてはならぬぞ。いつぞや俺にしたように、その場で刀を抜いて挑みかかったりすれば、返り討ちに遭うのがおちだぞ」

「はい、重々承知いたしております」

「沼間井の潜伏先を突き止めたら、直ちに知らせるのだ。よいな？」

「はい」

朔之進は唯々として肯いた。

肯くしかなかった。

久通を信じ、どこまでも彼に従おうと決めた朔之進の、それは運命なのだ。

（殿様の言うことに、間違いないんだ）

朔之進は、己に強く言い聞かせた。

久通とはじめて会った日のことが、朔之進の胸裡にはいまも強く焼き付いていて、生涯忘れられそうにない。

（悪いのは私だ）

久通と出会い、屋台で馳走になりながら身の上話を聞いてもらった朔之進は、久通に対してただ一つだけ、嘘をついた。

生国、年齢、江戸に来た理由——すべて真実だ。

父の仇の名が沼間井剛右衛門だというのも本当なら、朔之進の父を斬った沼間井が藩主の居住する陣屋の御蔵から、森家の秘宝である《苔猿》の茶碗を持ち出したというのも本当だ。勿論、沼間井に殺された勘定方の亡父が常々沼間井を怪しみ、常々悪く言っていた、というのも本当だった。

朔之進は久通に対して、何一つ嘘はつかなかった。

ただ一つ、彼が江戸に来た時期を除いては。

朔之進が江戸に着いたのは、久通とはじめて出会う数日前ではなく、実は、いまから一年以上も前のことだった。

つまり仇を追って故郷を出奔したとき、朔之進は十七歳だった。

国許から、長の旅路の果てに江戸に辿り着いた日、朔之進は最早仇討ちなどどうでもよい、と思うくらいに疲弊しきっていた。

ヘトヘトに疲弊している上、もう何日も飯を食べておらず、空腹の極にあった。路銀が底を突き、食べたくても食べられなくなったのだ。

大坂(おおさか)から菱垣廻船(ひがきかいせん)に乗り、船旅をしているあいだは快適だった。朔之進は殆ど船酔いもせず、季節柄か、まるで荒れることのない海路を船は易々と進んでいった。

船中、大坂から一緒に乗船した物見遊山の商家の隠居夫婦と仲良くなり、さまざまな話をした。夫婦は、相当裕福な商家の隠居であるらしく、暇さえあれば旅をしているということだった。

金比羅船(こんぴらぶね)に乗って四国の金刀比羅宮(ことひらぐう)を参詣した折のことが余程楽しかったらしく、繰り返し朔之進に語って聞かせた。夫婦が繰り返し有り難い、と言う金刀比羅宮にはなんの興味も湧かぬ朔之進だったが、その参道のうどん屋で食べた、美味しいうどんのことは気になって仕方なかった。

浦賀(うらが)で下船した直後、悲劇が彼らを襲った。

その日の宿が定まらず、宿場をうろうろしているところを、追い剝ぎの一団に襲われたのだ。

裕福な商家の隠居夫婦は真っ先に狙われ、身包(みぐる)みを剝がれた上、無惨に殺された。

朔之進は咄嗟の機転で天水桶の陰に身を潜(ひそ)め、難を逃れた。このとき、もし自分に武芸の心得さえあれば、夫婦を救うことができたかもしれない、という後悔はいまでも朔之進を苦しめ続けている。

だが、武芸の心得がない以上、為す術もなく身を隠しているしかない。

勘定方の息子である朔之進は、どうせ将来は父のあとを継いで自分も勘定方のお役に就くのであろうと思い、算盤(そろばん)と算術については熱心に学んだが、剣のほうはからきしだった。

同い年の幼馴染みたちが道場に通いだした頃、ともに通ってはみたものの、どうせ自分には必要のない術だと思うと全く身が入らず、じきに足が向かなくなった。
それ故朔之進にとって腰の二刀は、ただただ足どりを重くする邪魔者でしかなかった。どうにか追い剝ぎから逃れ、江戸に向かう道々も、ズッシリと重い鋼の二刀に、朔之進は苦しめられた。

江戸までもう十里あまりというところまで来ているのに、遅々としてその足は進まず、宿場毎に宿をとった。それが、路銀の尽きた理由である。

路銀が尽きてからは、湧き水を飲み、野草を食らって飢えを凌いだ。が、まだ育ち盛りの若い体にはそんなもの、なんの足しにもならず、拷問のような日々だった。

漸く御府内に入り、市中の賑わいに接したとき、朔之進は激しい眩暈に襲われた。

（これが…これが江戸？）

もしいま、小石に躓いて転んだなら、そのまま立ち上がることもできずに死ぬのだと思った。

下肢から忽ち力が抜け、いまにもしゃがみ込みたく思ったとき、不意に背後から袖を取られた。袖を取るとともに朔之進の腕も摑み、グッと強く引き寄せる。

「おい、大丈夫かい？」

引き寄せられた瞬間、さも優しげな声音で耳許に囁かれた。

「え？」

「そんなにふらふらしちまって、ろくに食ってねえんだろ？」

見れば、声音と同様、見るからに優しげな風貌の男が、背後から朔之進を支えつつ、問いかけてくる。

年の頃は三十前後。流行りの藍弁慶を粋に着こなす町人風体の男だった。勿論、当時の朔之進が、江戸の流行りを知り得よう筈もなかったが。

「浅葱裏の旦那、歳はいくつだい？」

「じゅ…十七」

優しげなそいつの風貌と口調に誘われ、つい朔之進は答えてしまった。

もとより、浅葱裏の意味などわかろう筈もないが、それが自分に向けられた呼称だということだけは朧気に理解できた。

「十七！　そりゃまた、お若けぇ」

男は大仰に驚いてみせた。

「そのお歳で、なんで江戸に来なすった？」

「そ、それは……」

「おっと、言わなくていいぜ」

言いかける朔之進の言葉を男は遮り、

「大方、仇を追って遠国から来なすった、ってとこだろう？」

「え？……な、何故わかるの？」

「そんなの、顔見りゃ、わかるよ」

事も無げに言う男の言葉に、朔之進は容易く誑かされてしまった。

「大変だったろう。……で、一体何処から来なすった？」

「ば、播州……三日月……」

容易く誑かされた朔之進は、ほぼ反射的に口走っていた。

「播州、三日月？」

相手が、その地名を知っていたかどうかはわからない。ただ、

「そんなに遠くから？……そりゃ、本当に大変だったろうなぁ」

と心のこもった言葉で労われるとともに、

「腹が減ってんだろ？……ほら、蕎麦でも食いな」

と屋台の蕎麦を差し出されただけで充分だった。

「い、いただきます」

朔之進はすぐさま箸と丼を手にとると、夢中で蕎麦を貪り食った。

「お、おい、そんなに急いで食うと、妙なところに入っちまったり、喉につかえちまったりするぜ。誰も、取り返しやしねえんだから、もっとゆっくり、落ち着いて食いな」

「…………」

男は呆れ気味に朔之進の肩を叩いたが、最早朔之進の耳に、その言葉は届いていない。

何日かぶりでありついたまともな食べ物に、全神経を集中していた。それ故、噎せることも、喉につまらせる心配もなかった。

やがて食べ終わり、出汁のきいた美味いつゆの最後の一滴まで飲み干した朔之進は、

「ああ〜ッ」

自らその場に膝をつき、慟哭した。

故郷を出てからずっと堪えてきた思いが、そのとき一気に吹き出して、もう自分でもどうしようもできなかった。

「どうした、坊や？」

「わあぁぁ〜ッ」

ひときわ優しい声音で問われると、朔之進の慟哭は一層激しさを増した。

「よっぽど、つらかったんだなぁ。……まだ十七の坊やだもんなぁ」

「………」

坊や呼ばわりは些か心外だったが、それでも朔之進はなかなか泣き止まず、さすがに男を困惑させた。

「もう、大丈夫だから、安心しなよ、な、坊や。……今夜の宿も、決まってねえんだろ？」

「いえ、これより藩邸に赴き、仇討ちの件を御家老様に報告いたさねば。…されば、今宵は藩邸に泊まることになろうかと――」

泣くだけ泣いて気持ちが落ち着くと、朔之進は存外冷静な口調で答え、

「見ず知らずのお方に、すっかりお世話をおかけしてしまいました。このお礼は、何れ必ずいたしますので、どうか、お名とお住まいをお教えいただけますでしょうか」

相手の名を聞こうとした。

「ま、まあ待ちなよ。その、藩邸とやらの場所はわかっているのかい？」

「確か、四ッ谷御門外、尾張様のお屋敷の近くとか――」

「それで、仇を見つけるまでずっと、その藩邸においてもらえるのかい？」

「………」

朔之進は男の言う意味がわからず、無言で彼を見返した。

「これから江戸で、仇をさがすんだろ？　藩邸で、三度のおまんま食わせてもらえて、お手当てまで貰えるってんならいいけどよう」

「そ、それは……」

朔之進は忽ち当惑した。

父の死により、自動的に瀬尾家の当主とはなったが、その相続は藩主によって認められたものではなく、なにより、父の御役目を正式に引き継いだわけでもない。で、ある以上、朔之進の身分は未だ三日月藩士の嫡男にすぎず、正式な藩士ではないのかもしれない。

国許を出る際、兎に角一日も早く仇を追え、と親戚一同から嗾けられて旅立った。参勤中で国許を留守にしている殿に代わり、特別にご城代名義で戴いたという仇討ち赦免状を持たされて——。

「兎に角、仇を討って帰参すればよいのだ。それで万事、丸くおさまる」

父・蔵人亡き後、一族の長老格となった叔父から強く言い含められ、何一つ疑問を抱くことなく、朔之進は旅立った。

仇を討てばよい、と叔父は言ったが、果たしてそう簡単に、仇など討てるものなのか。

いまのいままで忘れていたが、そもそも朔之進に武芸の心得はない。父を斬殺した悪党に、返り討ちに遭うのが関の山なのではないか。

「仇を捜すのに、どれくれえのときがかかるか、わかんねえんじゃねえのかい？」

「……」

見ず知らずの、行きずりの男からの問いに、朔之進は我に返り、深く考え込んだ。

父の急死以来、なにもかも、己を取り巻く世界が一変してしまったことで、朔之進はすっかり取り乱していた。仇討ちのために故郷を出奔したときも、隠居夫婦と船旅を楽しんでいるときも、ずっと取り乱したままだった。

そもそも、父を斬って《苔猿》を持ち去った沼間井が江戸にいる、というのは、誰がもたらした情報だったのか。

「………」

朔之進の沈黙に、男は内心ほくそ笑んだことだろう。

「だいたい、江戸にいるかどうかもよくわからねぇんだろ、仇は――」

「………」

「もし、江戸にいねえとなったら、どうするよ？　仇の居場所がわかっても、路銀がねえだろうよ？　藩邸で、出してくれるのかい？」

「そ、それは……」

朔之進の困惑は極に達し、途方に暮れた顔で男を見返した。

その空ろな表情が、男に勝利を確信させたのだろう。

「いいから、おいらと一緒に来なよ。坊やが見事仇討ちの本懐を遂げられるまで、面倒見てやるからよ」

男は再び朔之進の袖を摑み、強く懐に引き寄せると、

「おいらは、辰吉。深川の寛兵衛長屋に住んでる」

先刻までとは別人のようにドスのきいた低声で、朔之進の耳許に囁いた。

「悪いようにはしねえから――」

朔之進の思考は既に停止していて、ただ辰吉に強く促されるまま、彼に従うしかなかった。

その夜辰吉が朔之進を連れて行ったのは、だが、どう考えても、深川の寛兵衛長屋ではなさそうだった。

通りからちょっと奥まったところにある、荒れ寺の宿坊のようなところだった。薄暗い堂内には人相の悪い町人者と浪人風体の者が併せて六、七人おり、皆、ギラギラ

した目で朔之進を出迎えた。

「あ、あの……」

「そう怯えなさんな。みんな、気のいい人たちだからよう」

と辰吉の言う気のいい人たちは、いまにも飛び掛かってきそうな顔つきで朔之進を見据えている。

「し、しかし、辰吉殿」

「ああ、そんなに堅っ苦しくならず、『辰っつぁん』と呼んでくれよ、坊や。……あ、そういや、肝心の、坊やの名前を聞いてなかったな。なんて名だい？」

「せ、瀬尾朔之進」

震える声音で朔之進が名乗ると、

「朔之進？　じゃ、朔さんでいいやね」

軽い口調で辰吉は言い、

「みんな、聞いたかい？　こちらの坊やは、遙々播州から仇討ちに来た朔さんだ。よろしく頼むぜ」

と、他の一同に紹介すると、更に、

「じゃ、朔さん、今夜はここでゆっくり休んで、明日から、頼んだぜ」

謎の言葉を言い残して去った。

その夜は、人相の悪い男たちが差し出す飯を食べ、どうにか眠りに就いたが、絶大な不安に見舞われていたにもかかわらず、存外容易く熟睡していた。

長旅の疲れ故に相違なかった。


その翌日から、朔之進が負わされた役目は、人出の多い縁日の境内などで、相手が武士と見れば誰彼かまわず、

「父の敵！」

と斬りつけることだった。

斬りつけるだけなら、誰でもできる。寧ろ、なまじな剣の腕などないほうが都合がよい。鋭い太刀筋で、相手を傷つけることは、あくまで本意でないからだ。

「父の敵！」

と大声で叫べば、
すわ、仇討ち！

と衆目が集まる。

兎角江戸っ子は喧嘩が好きだ。それも、ただの喧嘩ではなく「仇討ち」となれば、

一入だろう。

衆目が「仇討ち」に熱中しているあいだに、無防備になったその衆目の懐を、腕利きの掏摸集団が狙う。そういう筋書きだった。

「この役を続けてくれれば、おいらたちも、総出で朔さんの仇討ちを手伝うよ。仇の居所も探し出してやるからよう」

辰吉はそんな甘言を弄したが、何度か同じことをさせられているうちに、さすがにそれはないだろうと、朔之進も察した。

辰吉は、掏摸や掻っ払いを生業とする犯罪組織の引き込み役で、容易く利用できそうな者を物色していたのだ。幼顔で、田舎者で、全く世慣れていない朔之進などは、まさしく格好の獲物だった。

だが、そうと気づいたときには既に遅く、辰吉の仲間の強面たちに囲まれて寝起きする生活に、すっかり馴染んでしまっていた。

強面ではあるが、彼らは朔之進に危害を加えることはなく、三度の食事を与えてくれた。

「たまには、美味いもんが食べたいよ、辰っつぁん」

「ああ、今日の稼ぎがよけりゃあ、明日は鰻を食わしてやるよ、朔坊」

などと狎れ口をきけるくらいまで馴染んだある日、

「今日はあのくたびれた黒縮緬の着流しを狙いな」

と指図された。

大概、狙うのは二本差しの武士ではあるが、身なりの貧しい浪人者と限られている。貧しい浪人者であれば、腰の二刀は竹光であることが多く、朔之進も、応戦される危険を避けることができるのだ。応戦され、逆に斬り返されれば、朔之進などひとたまりもなく斬られてしまう。

しかし、応戦すべき得物を持たぬ憐れな竹光侍は、

「違う、違う！　人違いだ！」

と困惑しながら、ただ逃げ惑うばかりなのだ。なるべく騒ぎを大きくし、長く引き伸ばしたところで、頃合いを見て、

「人違いでございました。申し訳ございません」

と一言詫びれば、それで済む。

ホッと安堵した相手は、それ以上苦情を述べたり、非礼を咎めたりはしてこない。

「わかればよいのだ」

兎に角、取り繕った口調で述べ、立ち去るだけだ。

その日の浪人者も、矢張り刀を抜いて斬り返してはこなかった。

（またも、竹光浪人か）

と侮った矢先、天地がひっくり返った。

足下を掬われ、容易く地面に転がされていた。翻筋斗うって倒れるとともに、手中の刀を奪い取られている。

息をするかしないかという、ほんの一瞬のことだった。

「よく顔を見ろ、たわけめッ。これが、本当に貴様の仇の顔か？」

頭ごなしに叱責されたので、朔之進は直ちに人違いと非礼とを詫びた。

詫びるとともに、

「仇が着ていたのと同じ着物だったので」

という、ひどい言い訳を捻り出した。

そうしないと、取り上げられた己の刀で斬り殺されてしまうかもしれない、との危機感を抱いたのだ。

だが、その浪人者はあっさり朔之進の言い訳を聞き入れ、彼の過ちを赦し、その後屋台の食を交えながら、親身になって身の上話まで聞いてくれた。

ひもじい者に食を与え、甘言を弄して籠絡する。

そこまでなら、一年前、朔之進の窮状を救った辰吉と変わりない。

だが、既に飢えていない朔之進の目には、その浪人者が辰吉と同じには映らなかった。

（この人は…本物かもしれない）

一年近くも悪党の群れの中で暮らしてきた朔之進には、いつしか人を見る目が養われていたのかもしれない。

それ故その浪人には何一つ嘘をつかず、真実だけを語って聞かせた。ただ一つのことを除いては――。

（この人と出会えたのは、奇跡だ。神仏がこの人をお遣わしになったんだ。……もう、悪の仲間からは足を洗え、ということだ）

そう信じた朔之進は、一か八(ばち)か、賭(かけ)に出た。

浪人と別れた後、朔之進を迎えに来た一味の者たちに、

「あの浪人、懐に大金忍ばせてるよ」

と囁いた。忽ち悪心をいだいた彼らがすかさず刀を抜いたところで、

「助けてぇーッ」

去りゆくその男の背に向かって、朔之進は大声で叫んだ。

「…………」

直ちに足を止めた男は踵(きびす)を返し、うっすらとその光景を認めるや否や、驀地(まっしぐら)こちらに向かってくる。

「おい、朔、てめえどういうつもりだ？」

「さては裏切りやがったな、このガキッ、ふざけやがって！」

浪人風体の男六人が、その刀の切っ先を朔之進に向けるのと、黒縮緬の着流しの男が殺到するのがほぼ同じ瞬間のことだった。

男は、朔之進が見込んだとおり鮮やかな手並みで、瞬時に悪党の半数を悶絶させた。残りの者は、危機を察して忽ち逃走した。

（矢張り、ただ者ではない）

確信した朔之進を、その晩男が伴ったのは、密かに期待したとおりの立派なお屋敷だった。

（矢張り殿様の微行(おしのび)だった……）

お屋敷の、中間長屋の一室に泊まるように言われた時点では、朔之進は未だ男の正体を知らなかった。兎に角、身分の高い旗本の殿様くらいにしか思っていなかった。

それ故、翌日用人の半兵衛から、彼が新任の北町奉行・柳生久通だと知らされたときは、心の臓が破れるかと思うほど仰天した。

言葉巧みに誑かされ、仕方なくやらされていたとはいえ、盗っ人の手先となり、彼らの悪事に荷担してきた。

町奉行である久通に知られれば、お縄にならぬとも限らない。

(絶対に知られてはならない)

朔之進は固く心に決めた。

先日、神田明神の縁日で偶々、辰吉他、一味の者と出会してしまったときは、最早これまでかと覚悟した。

「よう、元気にしてたか、朔坊」

辰吉から、例によって馴れ馴れしく話しかけられても、朔之進には返す言葉もなかった。同じ境内の何処かにいる久通に助けを求めても、もし彼の前で、辰吉の口からあることないこと久通に喋られたら、と思うと、そのほうが怖ろしくて助けを呼ぶこともできなかった。

だが、気づいた久通のほうから駆けつけてくれて、易々と奴らを追い払ってくれた。

「奴らに、金でもせびられたのか？」

と勝手に久通が決めつけてくれたので、そのとおりです、と答えておいた。

（一人で屋敷の外に出るのは無理だ）

久通からは、道場に通うように言われていたが、道場のある小石川方面には、神田明神をはじめとして、奴らが主な稼ぎ場としている有名な神社仏閣が多いのだ。市中を独り歩きなどして、もしまた奴らに見つかれば、今度こそ、ただではすまない。それ故朔之進は半兵衛に泣きつき、役宅で、久通から直接稽古をつけてもらえるよう計らってもらった。

ひと安堵したのも束の間、今度は、神田佐久間町あたりで、仇の沼間井を捜せ、と久通直々に命じられてしまった。

（しかし、向柳原あたりなら、軒並み武家屋敷ばかりだから、奴らが出没することもないのでは……）

という、一縷の望みに朔之進は縋った。

もとより、一味の全容を朔之進は知らない。正確な一味の人数も、知り得よう筈がなかった。何時何処に出没するかもわからない。

そんな不安の中で、朔之進は久通の命に従った。従うしかなかった。

もし一味の者と出会したなら、今度こそ、己の命運は尽きるだろう。

だが、それもまた仕方のないことかもしれない、と朔之進は思った。

最早、飢えたくない一心で、悪党の言いなりになった一年前の弱い自分ではない。

久通の人柄に触れ、彼の剣を学び——到底及ばぬであろうが、ほんの少しでいいから、近づきたいと心から願うようになった。

決して仇討ちの志をなくしたわけではないが、いまは兎に角久通の側(そば)にいたい。

その願いをかなえるための、これは禊(みそ)ぎなのだ、と朔之進は信じた。

一時でも悪に荷担してしまった己を捨て、久通の側近くに仕えるに相応(ふさわ)しい己になるための禊ぎなのだ、と。

五

(どうか、辰吉たちに見つかる前に、私に沼間井を見つけさせてください)

果たして、朔之進の切な願いが天に通じたのか。

久通の命(めい)で向柳原あたりの探索に出てまもなく、

(沼間井！)

朔之進は憎い仇の姿を路上に見出した。

が、次の瞬間、首を捻った。

(あれは本当に、沼間井なのか?)

朔之進が実際に沼間井剛右衛門を見たのは数えるほどだし、そのときから、既に一年以上のときが経っている。記憶は既に曖昧だった。

その上、相手の身形も変わっている。

そのせいか、顔つきも心なしか違って見えた。

沼間井の正確な年齢は知らぬが、国許にいた当時は、父の蔵人とほぼ同じくらいか、少し下――せいぜい四十そこそこと思っていた。

だが、朔之進の父は、四十過ぎに見えても実は三十七という若さだった。嫡子の朔之進が十七なのだから、当然だ。

ところが、向柳原の大路で見かけた沼間井は、まるで二十代の若者のようにさえ見えた。

総髪に不精髭を改め、きれいに月代を剃っていたのである。

(こやつ、或いは私とさほど歳が変わらぬのではないか?)

とさえ疑った。

疑いつつも、そのあとを尾行けた。

通りを抜け、橋を渡り、幾つかの辻を折れて、やがて一つの建物の前へと辿り着くまで、朔之進は無心で沼間井のあとを追った。

第五章　獅子の目覚め

一

「殿、大変ですッ」

半兵衛の地声は、そもそも馬鹿でかい。

子供の頃から聞き慣れて、久通の耳には馴染んでいるが、六十を過ぎた頃からは年甲斐を考え、さすがに控えるようになった。

それでも、気の利かぬ小者の福次を叱る際などには、屢々役宅じゅうに響き渡る声を張りあげる。

書見に夢中になったり、考え事などしているとき、その声を唐突に聞かされると、甚だ驚く。慣れてはいても、決して心地よいものではないのだ。

（父上はよく叱らなかったものだ）

久通の記憶にある亡父は、寡黙で物静かな人だった。久通にとっては剣の師にもあたるわけだが、大声で叱られたというような記憶は殆どない。

そんな父が、半兵衛の騒がしさをよく嫌わなかったものだと、久通は半ば感心していた。

「殿ッ、殿ッ」

その日も、半兵衛の騒ぎ声で思念をかき乱され、久通は内心うんざりした。

「何事だ」

半兵衛が障子を引き開けるのと、久通が不機嫌に聞き返すのとが、ほぼ同じ瞬間のことだった。

「さ、朔之進がッ」

半兵衛は珍しく取り乱していて、一言叫ぶように言ったきり、言葉が続かない。

「朔が？」

久通は当然不審がる。

「朔がどうした？」

「さ、朔之進が、何者かによって連れ去られましたぞッ」

半兵衛は漸く我に返って言葉を続けた。

「なんだと！」

今度は久通が取り乱す番である。

「朔が、一体何者に連れ去られたというのだッ？」

思わず問い返してから、だがすぐ己の失態に気づいた久通は、

「そもそも、何故お前が、そんなことを言ってくる？」

厳しい表情で、問い返した。

「殿！」

しかし半兵衛は一歩も退かない。

「朔之進めを見張っていたからに決まっておりましょう」

「俺はお前に、朔之進の身辺に目を光らせよ、と命じた覚えはないぞ」

「なにを仰せられます」

一層語調を強め、半兵衛は主張する。

「朔之進は、素性も定かならぬ胡乱な輩でございますぞ。なんの目的で当家に入り込んだかも知れぬ者を、一人で外に出して、なんといたします。仲間と連絡をとるために外出したかもしれぬではありませぬか」

「仲間とは？」

「え？」

「朔之進の仲間とは何処の誰だ？」

「知れたこと、当家をつけ狙う者でございましょう」

「………」

　久通は言葉を失うしかなかった。

　半兵衛が朔之進贔屓（びいき）なのは知っている。だが、まさかここまで、朔之進によって籠絡（ろうらく）されていようとは、久通も予想だにしなかった。

「賊の手先であれば、本来の仲間のもとへ戻ったのだろう。放っておけばよいではないか」

「なにを仰せられます!!」

　案の定、むきになって半兵衛は喚（わめ）く。

「そもそも殿は、何故朔之進めを一人でおつかわしになったのです。……探索に行かせるのであれば、配下の者をお付けになるべきではございませぬか」

「それは……」

　厳しい口調で問い詰められて、久通は容易（たやす）く答えに窮する。

確かに、迂闊であった。

市中で沼間井を見つけても、その場で挑まず居場所を突き止めて知らせよ、と命じたが、その任務を遂行するためには、二人ひと組で動くほうがずっと都合がよい。行き先を突き止めたら、一人がその場の見張りに残り、一人が知らせに走れるからだ。

町奉行の職には未だ不慣れな久通と雖も、それくらいのことは当然承知しているべきであった。

「そう思うなら、何故もっと早く言わぬのだ」

だが、答えに窮した久通は、逆に半兵衛を非難するしかない。

「今頃になって、なんだ。だいたいお前は、いつもそうなのだ」

己の失策を指摘されて逆ギレし、文句を言う。己の非を素直に認められないのは、己の失策に対する猛省の裏返しである。

「いまになって俺を責めるくらいなら、おかしいと思ったそのときに、言うべきではないか」

「はい、そのとおりでございます、殿」

だが半兵衛は長いつきあいで、逆ギレした久通をどう扱えばよいか、熟知している。

「そのとき、ご意見申し上げることができず、申し訳なく存じます」

「………」

淡々と詫びを述べられ、久通は黙るしかなかった。

「そもそも殿は、何故あの者が、道場へ行くのをあれほど嫌がったのか、その理由をお考えになったことがございますか？」

「え？」

虚を衝かれた顔で久通は絶句する。

「朔之進は、道場へ行くことを嫌がっていたのか？」

「道場どころか、お屋敷から外へ出ることを、ひどく嫌がっておりました」

「だ、だが、雪之丞の鰹節を買いに行くのは、朔の務めだったのではないのか？」

「雪之丞の鰹節を買いに行くのは、福次の務めでございます」

「………」

「朔之進は、お屋敷の外へ出ることを、明らかに怖がっておりました。それ故不憫に思い、殿に直接稽古をつけていただけるよう、はかったのでございます」

「お前、それは……」

久通の絶句は更に続く。

「そんなこと、俺は聞いておらぬぞ」

「朔之進自らが、隠しておるようでしたから、あえて申し上げませんでした」

「何故？」

「なにか、訳ありだったのでございましょう」

「どんな訳だ？」

「それは……」

「あやつは嘘をついていたということか？……名も生国も仇討ちの話も、全部嘘だということか？」

「いいえ」

半兵衛はつと口調を変え、強く首を振った。

「朔之進が殿に話しましたことは、すべて真実だと思います。仇を追って播州から参った、ということも含めて、すべて——」

「では、なにが嘘だったのだ？」

「ですから、何一つ、嘘はなかったかと存じます」

「訳ありだと申したではないか」

「それは……」

半兵衛はそこではじめて、極めて言いにくそうに口ごもった。

「なんだ？」

「あの者をお連れになった晩、殿は、朔之進がなにやら不審な者共に襲われていたので、やむなく連れ帰ったのだ、と仰せられました」

「ああ」

「その者たちにお心当たりはございますか？」

「いや、ない」

「朔之進にお訊ねにならなかったのですか？」

「勿論訊ねたが、全く見知らぬ者たちで、襲われるような心当たりはない、と申していた」

「おそらくその者たちこそが、屋敷の外に出たがらぬ理由でありましょう」

「…………」

半兵衛は断言し、それを聞いた久通は再度言葉を失った。

（半兵衛にもわかることが、何故俺にはわからんのだ。……先日、神田明神の境内でも、朔は地回りのような者たちにからまれておった。出会った日のこともあるし、気にはなったが、俺はそれ以上詮索しようともしなかった）

我ながら、情けない。

毎日側におきながら、一体自分は、朔之進の何を見ていたのか。

「と、とにかく、急ぎ朔之進の行方を捜さねば!!」

目に見えて落ち込む様子の久通に、つと思い出して半兵衛は叫ぶ。

「そうだ。朔は何処で何者に連れ去られたのだ?」

「向柳原を歩いておりますとき、朔之進は、一人の浪人者に目をつけ、そやつのあとを尾行けはじめました」

「それで?」

「しばらくあとを追っておりましたが、司天台のあたりで見失ってしまいまして……」

「なに、見失った?」

「何分、こうしたことには不慣れであります故……」

「見失ったのでは、連れ去られたかどうか、わからぬではないか」

「ですが、それがしはその後一刻あまりも、そのあたりを捜しまわったのですぞ」

「それで、見つかったのか?」

「いいえ」

「そのあいだに、一味の隠れ家を突き止めたのかもしれぬ」

「ならば、何故未だ戻ってまいりませぬ？　一味の隠れ家を突き止めたら、直ちにその旨を知らせに戻るよう、朔之進にお命じになったのではありませぬか？」

「それはそうだが……」

「なのに未だ戻らぬということは、連れ去られたからに相違ございませぬ」

(何故そう言いきれるのだ)

　自信に満ちた半兵衛の言葉を、半ば崇めるような思いで久通は聞いた。

　鋭い観察眼といい、断固として言いきれる決断力といい、半兵衛のほうが余程町奉行に相応しい気がする。

　そんな久通の戸惑いと逡巡を、目敏く見てとったのだろう。

「殿！」

　半兵衛は殊更語調を強めて言った。

「まさか、朔之進のことをこのままお見捨てになるおつもりでございますか？」

「何を言うかッ。そんな筈があるまいッ」

　久通もまた強い語調で言い返す。

「と、兎に角、俺も朔の行方を捜す。……何者かに脅かされていたというなら、朔を連れ去ったのは、そやつらであると考えるのが自然だ」

やおら立ち上がり、

「あ、案内せい」

久通は半兵衛の目を見返して言った。

「え？」

「お前が朔を見失ったあたりへ、だ」

「は、はい」

久通の視線の強さに一瞬たじろぎながらも、半兵衛は応じた。

呉服橋御門を出て、いくらも行かぬところで、久通は意外な人物に出会した。

「旦那」

町人風体で年の頃は五十がらみのその男が一体何処の誰なのか、久通にはしばし認識できなかった。

「旦那」

ただ、声には些か聞き覚えがある。

「あっしですよ、旦那。わからねえんですかい？」

「あ、源助か」

「そうですよ。お得意さんだと思ってたのに、お見忘れとは情けねえなぁ」

と源助は忽ち顔を顰めるが、いつも蕎麦屋の屋台を介して向き合っていた相手と、屋台なしで、しかも全く予期せぬ場所で出会したのだ。

(仕方ないではないか)

と思う一方、ひと目で久通のことを認めた源助は矢張りたいしたものだと久通は感心する。

「仕方なかろう。こんなところで出会すとは思ってもみなかったのだから」

源助の不機嫌に閉口して言い訳がましく言ってから、

「すまぬ。許せ」

久通は素直に詫びた。

「冗談ですよ」

チラッと歯を見せて源助は苦笑する。笑うと忽ち隙のなくなる、例の笑顔だ。

(こやつ一体何者だ?)

久通は内心大いに警戒した。

そもそも、蕎麦の屋台も担がず、こんなところにやって来たのは何故なのだ。

「それで、お前は何故ここにいるんだ、源助?」

「それは、旦那に言われたからで――」

「え？　俺に？」

源助は忽ち困惑する。

「この前食いに来なすったとき、奉行所の近くに店を出せ、と仰有ったじゃねえですか。それで奉行所の下見に――」

「本当か？」

「冗談ですよ」

「おい――」

「以前、旦那がお連れになったお供の若い方――」

「なに、朔のことか？」

「あの若いお供の方が、妙な連中に連れて行かれるのを見ちまったもんですから」

「なんだと！　それはまことか？」

久通は忽ち気色ばむ。

「ええ、破落戸みてえな奴らがよってたかって坊やを……いえ、お供の方を押し包んで、久右衛門河岸にあるお蔵の一つに連れ込んじまいました」

「久右衛門河岸のお蔵だと？」

久通は頭の中で懸命にその場所を確認する。

(確かに、向柳原からほど近いな)

そして確認すると、背後の半兵衛を顧みた。

「お前が朔を見失ったのは、向柳原の司天台のあたりで間違いないのだな、半兵衛?」

「はい、間違いございませぬ」

力強く、半兵衛は答えた。

「その、朔…俺の供が連れ込まれたという蔵まで、案内してもらえるか?」

「ええ、それはかまいませんが……」

肯(うなず)きつつも、源助はふと顔を曇らせる。

「どうした?」

「旦那お一人で、行かれますんで?」

「お一人ではない。儂も一緒だ」

不意に、背後から半兵衛が口を挟んだ。

「これ、町人。先ほどから黙って聞いておれば、よい気になりおって。殿に向かって、散々無礼な口をきいておるが、貴様、一体どういうつもりで――」

「よいのだ、半兵衛。源助とは、旧知の間柄なのだ」

滔々と述べたてようとする半兵衛を、久通はすかさず制した。制しておいて、再び源助に向き直る。

「俺が一人で行ってはまずいのか？」

「そのお蔵には、どう少なく見積もっても、二十人以上は集まっておりますんで」

「なに、二十人以上？」

「ええ。……旦那がお一人で、そいつらを全員片付けられるってんでしたら、お一人で行かれてもようございますが……」

「うぅ…む、二十人は流石に手強いのう」

「なにを仰せある、殿。殿の腕を以てすれば、有象無象の二十名など、即ち、瞬殺——」

「だから、お前は黙っていろ、半兵衛」

得意気に述べようとする半兵衛の言葉を鋭く制しておいて、

「もうよいから、お前は役宅に戻れ」

久通は半兵衛に命じた。

「なっ……」

「これより道案内は、源助がしてくれる。それ故お前は戻って、普段どおりに屋敷の仕置きをせよ」

「しかし殿……」

「これより先は、奉行である俺の務めだ。お前はお前の務めに戻れ」

「畏(かしこ)まりました」

半兵衛は畏まり、直ちに久通の命(めい)に従った。即ち、踵(きびす)を返していま来た御門の内へと戻って行った。久通の真摯(しんし)な言葉つきから、その覚悟のほどを感じ取ったからに相違ない。

半兵衛の後ろ姿を見送りつつ、久通は再び源助に問うた。

「それで、二十人以上というのは、間違いないのか、源助？」

「わかりません」

「なに？」

「或いは、もっと多いかもしれません。二十人てのは、おいらが見た限りのことなんで……その前から、蔵の中に何人もいるってこともあるでしょう」

「ああ、確かにそうだな」

源助の言葉を、久通は極めて冷静に受け止めた。

「その蔵が、奴らの隠れ家だとすれば、当然隠れ家を護る者もいるだろう」

「旦那？」

「道案内を頼む、と言ったが、しばし待ってくれるか？」

「は、はい。そりゃ、もう……」

「では、奉行所に戻り、どれほどの手勢を率いて行けるか、確かめよう」

言い様自らも踵を返し、御門の内へと戻り始める。但し、最前出て来た役宅の門ではなく、奉行所の正面まで行き、その表門から中に入った。役宅の中を通って行ったほうが余程早いのだが、なんとなく、そうするべきだと思ったのだ。

奉行所の門をくぐると、まっすぐ御用部屋に向かった。

勢いよく襖を引き開けると、中には五人ほどの同心がいて、机に向かって書き物をしている。よく見ると、皆、吟味方の同心だった。吟味方は通常、証文を奉行に請求したり、取り調べの調書を認めるのが主な仕事で、見廻りに出たり現場に赴いたりはしない。

「お奉行様？」

「あ、荒尾はおらぬか？」

不思議そうに久通を仰いだ吟味方の一人に、久通は問うた。

「荒尾殿でしたら、隣の溜まりにおられねば、見廻りに出ておられるかと」

「そうか。邪魔してすまぬ」

襖を閉め、すぐに隣の襖を開ける。

「荒尾」

「はい」

荒尾小五郎は襖のすぐそばにいて、さも無聊そうに羽織の紐を弄くっていた。

「お奉行様？」

「いま奉行所内にいる同心で、すぐに出向ける者は幾人おる？」

「それがしと、いまここにおります者でしたら――」

と荒尾は言い、他の同心を顧みた。

荒尾の他に、その場にいたのは二人。そのうち一人は、荒尾と同期の川村恵吾、もう一人は三木一之助だった。川村はともかく、三木が戦力になるかどうか、久通は少しく不安をおぼえる。

「ですが、詰め所のほうに、与力の方々がいらっしゃるのではないかと――」

（与力か――）

久通の脳裡を、忽ち和倉藤右衛門の仏頂面が過った。

「いや、それには及ばぬ。……お前たちだけでよいから、俺と一緒に来てくれ」

「どちらへご一緒するのでございます？」

「下手人の捕縛だ」

「下手人？　なんの下手人でございます？」

荒尾の背後から身を乗り出したのは三木一之助である。

「火付け一味の下手人だ」

少し考えてから、久通は応えた。

朔之進を連れ去ったのが、本当に沼間井らの一味なのか、確証はない。半兵衛の話が本当だとすれば、朔之進は何者かにつけ狙われていたことになる。その正体はわからない。

だが、同心を伴う以上、その目的は是非とも下手人の捕縛でなければならない。正式な内与力ですらない、柳生家の居候の救出だといえば、久通には協力的な荒尾ですら、嫌な顔をするかもしれない。

「あの、火付け一味というのは……」

鈍感そうな顔つきで問い返そうとした一之助は、だが途中で言葉を止めた。

「………」

瞋恚すらこめられた久通の目に鋭く見据えられ、言葉を失ったのだ。

「それとも、奉行である俺の命に従えぬのか？」

「いいえ、滅相もございません」

川村はその場で叩頭し、拝命の意を示した。

「ははーッ」

一之助も慌ててそれに倣った。

荒尾らを引き連れた久通は、源助の道案内に随い、ひたすら先を急いだ。

二

（ここは何処だろう）

縛り上げられ、薄暗い納戸のようなところに転がされていることだけはわかる。

（生臭い……）

しかし、なんの臭気であるかまではわからない。同じ暗がりの中に人の気配はするものの、少し離れたところにいるのか、小声で交わされる言葉は耳に届かなかった。

（捕まった）

ということだけは、辛うじて理解できた。

久通から命じられたとおり、向柳原の藤堂屋敷の周辺をうろうろしていたとき、仇の沼間井剛右衛門を見かけた。

正確には、見かけた気がした。

似ている、と思っただけで、確証はない。人の記憶などあてにならない、ということを我が身を以て知ることとなった。

兎に角、沼間井と思われる男のあとを尾行けた。

そして唐突に意識が途絶えた。

背後から不意に襲われ、声が出せぬよう布で覆われて容易く意識を失ってしまったのだが、本人にはそれはわからない。

意識を失ったまま、何刻かときが経ったのだろう。

男たちの話し声で意識が戻った。

「坊やが、まさか、播州くんだりから江戸まで出て来るとは思わなかったぜ」

「親戚から、無理矢理旅立たせられたんだろうよ。厄介ばらいされたんだよ、気の毒に」

「ああ、あんときは瀬尾の一族も一枚嚙んでたかんな——

「なんだよ。一族ぐるみの悪だくみかよ」

「よくある話さ。弟が、嫂に懸想しちまってな」

「源氏物語じゃねえか」

「馬鹿。源氏物語は、息子が親父の嫁に横恋慕するんだよ」

「そうだった」

「いや、源氏物語はどうでもいいんだよ」

「ああ、どうでもいいや」

「どうでもよかねえだろ」

「そうだよ。どうでもよかねえよ」

「それで、邪魔になった息子に、仇討ちをさせようってことなのか？」

「…………」

「俺は、頼まれたとおりにしただけなんだぜ」

「なに言ってやがる。行きがけの駄賃に、家宝の《苔猿》を盗んだろうが」

「そのくれぇは、当然だろうがよ」

「まあな」

「で、あの坊や、どうするつもりだ？」

「勿論、売りとばすさ。あの幼な顔なら高く売れる」

「親父を殺して、息子は売りとばすのか。相変わらずの悪だなあ」

「けど、坊やは町方の手の者じゃないのか？」

「まさか！　ただの田舎のガキだぜ」

話し声が、下のほうから聞こえてくることを少しく不思議に思ったが、朔之進は再び意識を失してしまった。

頭の奥が鈍く痛むのは、或いはなにか薬を嗅がされたせいかもしれない。

三

「一番奥の、一番でっけえお蔵です」

辻行灯（つじあんどん）の影に身を潜（ひそ）めつつ、源助が示したのは、確かに、久右衛門町河岸で最も大きく古い土蔵であった。

既に時刻は八ツを過ぎ、河岸で働く者も疎（まば）らだ。

「もとは、ここらで一番羽振りのよかった干物問屋の蔵だったんですが、少し前に問屋はつぶれちまって、いまは誰のもんだか、持ち主はわからねえそうです」

「そこまで調べてくれたのか？」

　半ば呆気にとられ、半ば感心して源助の説明を聞いていた久通は思わず問い返した。

「別に、たいしたことじゃねえですよ。そこいらで荷下ろししてた人足に聞いたら、あっさり教えてくれました。このあたりじゃ有名な話なんでしょう」

「しかし、持ち主のわからぬ蔵に、得体の知れぬ者たちが出入りしていれば目立つのではないか？」

「荷のあげおろしに便利な河岸蔵を遊ばせとく持ち主はいませんや。大方、誰かに貸したと思ってるでしょうよ」

「なるほど」

　久通は重ねて感心した。

　源助の気の利かせようである。久通の正体が北町奉行だとばれていたのは仕方ないとしても、まるで何年も町方の御用を務める目明かしのような有能さであった。

「で、どうします、お奉行様？　いますぐ突入いたしますか？」

　見た目どおり気の短いタチらしく、最前から荒尾が焦れだしている。

「いや。騒ぎを大きくしたくはない。河岸で働く者たちが、皆引き上げてからにしよう」

という久通の言葉が不満であるらしく、

「ですが、それまで待っていては、あの蔵の中におる者共も去ってしまうやもしれませぬ」

「そうだ。お前たちの使っている目明かしや手先を呼んでおこう。もし中から出て来る者があれば、あとを尾行けさせるのだ」

「わかりました」

と荒尾は納得し、最もこの役目に適した人材である三木一之助を、目明かしたちへの使いに出した。荒尾もまた、久通が抱いたと同じ不安を一之助に対して感じたのだろう。それに、使い走りは新参者の勤めである。ほどなく、荒尾の配下の目明かしである万治とその手先の甚八、川村の手先の牛五郎が到着した。

しかし、荒尾の予想に反して、その後蔵に入る者も中から出て来る者もいなかった。

河岸の仕事は朝が早いぶん、あがるのも早い。七ツ過ぎにはすつかり人影が途絶え、やがて無人となった。

「お前たちは、蔵の裏側にまわってくれ」

という久通の言葉を、当然荒尾は不審がる。

「何故です？ 蔵の出入口は一つ。裏口はありません」

「万が一の際の用心だ」

「ですが……」

「蔵の中がどうなっているかわからぬ以上、用心するにこしたことはない。或いは、二階の明かり取りから逃れようとする者があるやもしれぬではないか」

「では、お奉行様お一人で、正面から突入するおつもりですか？」

だが久通は荒尾のその問いかけには応えず、

「源助」

ふと源助に向き直った。

「すっかり世話になってしまい、申し訳ないが、ついでと思うて、もう一つ頼んでもよいか？」

「ええ、もうここまできたら、なんだって、おつきあいしますよ」

と応じる源助に、久通は、十年来の知己故の頼もしさを覚えた。これまで、まともに言葉を交わしたこともなかったのに――。

「では、源助、誰かがこちらに入って来ぬよう河岸の入口で見張っていてくれるか？」

「お安いご用で」

源助は即座に踵を返して行った。

その背を見送りながら、仮にどんな者がやって来ても、彼なら絶対に足止めしてくれるに違いない、となんの根拠もなく、久通は思った。

「あの者は？　お奉行様の手先にございますか？」

たまりかねて、荒尾がずっと蟠（わだかま）っていた疑問を口にする。

「いや、馴染みの蕎麦屋だ」

「蕎麦屋…ですか？」

「ああ、屋台の二八蕎麦だ。頗（すこぶ）る美味（うま）い。今度、馳走しよう」

ふと口許を弛（ゆる）ませつつ言ってから、久通はすぐに表情を引き締めた。

「重ねて言うが、正面は俺一人で充分だ。お前たちはしっかり裏を固めるのだ。一人たりとも逃がしてはならぬ」

「はいッ」

荒尾以下六名はしかと応じた。

「では、これより持ち場につけッ」

命じるや否や、久通は自ら地を蹴って駆け出した。

土蔵の入り口に立った久通は、先ず黙って扉を叩いた。

中の者たちが小さく動揺するのが、ぶ厚い海鼠壁越しにも容易に伝わる。

(確かに、十人以上はいそうだな)

久通の五感は研ぎ澄まされていた。

先日、源助の屋台からの帰途で《中井》の久次以下五名を捕らえたときの比ではない。九年前、一対一でもどうかというほど腕の立つ暗殺者七名から襲われた、あの圧倒的な殺気と対峙した際の感覚が久通の中に甦りつつある。

(不思議だ)

久通は自ら首を捻っている。

長い間燻っていた執拗な熾火が、激しい雨にうたれて瞬時に消失するように、長年己の胸を覆ってきたものが見る見る晴れてゆく心地なのだ。

「中にいるのはわかっている。開けろッ」

遂に久通は意を決し、怒声を発した。

「さっさと開けねば蹴破るぞッ」

更に、扉をドガッと蹴りつける。

土蔵の扉は通常三枚から成る。左右に開く漆喰の扉の中に、大抵網戸が設えられ、更に裏白戸（うらじろど）と呼ばれる引き戸が設（もう）けられる。容易に蹴破れる代物（しろもの）ではない。

が、簡単に開かせる方法を、久通は知っている。

もう一度、ドン、と強く扉を蹴ってから、

「されば、火をかけるかな」

中で聞き耳を立てているであろう者たちに聞こえる程度の声音で述べた。

本来土蔵は、火災から財貨を守るためのものだ。ちょっとやそっとの火では焼失しない。が、中にあるのが財物ではなく人である場合、少々話が違ってくる。

土蔵は火がまわりにくく、中の財物は大抵難を逃れるとはいえ、炎のまわった蔵の中は相当熱せられる。命なき品物ならばなんでもないが、生きた人間では耐えられないほどの高温になるかもしれず、仮にそうなった場合、中にいる者が無事であるとは考えにくい。

そもそも、激しい火災の折には、土蔵の中のものを守るため、土で目塗りをするのが常なのだ。

目塗りをしていなければ、隙間から、炎や煙が容赦なく侵入する。

蔵の中で寝泊まりする者にとっては死活問題なので、当然中の者たちはそれを承知していよう。

「そうだ、よく燃えるように、油をまこうか」

聞こえよがしに久通は言い、竹筒の水をちょろちょろと扉の下に流す。当然ただの水だが、これだけ脅されているので、中の者は油だと信じるだろう。

水を流し、しかる後、燧(ひうち)を切る音をさせる。

カチ、カチ、カチ……

数回切ったところで、中から扉が開かれた。

「…………」

薄暗い中、複数の怯えた目が久通を見つめている。

(二十人……いるか?)

その目の数を数え、気配を探りつつ、

「北町奉行、柳生久通だ」

久通は名乗った。

当然中の気配は大きくざわめく。

「賊徒ども、おとなしく縛(ばく)につけいッ」

言うなり久通は、最初に顔を出した男の胸倉を摑み、乱暴に表へ引き出した。

「ひぃッ」

引き出された浪人風体の男は、だが引き出されたのをいいことに、そのまま一切刃向かうことなく、一目散に逃げ出してゆく。

荒尾たちに、一人たりとも逃がしてはならぬ、と言ったのと矛盾するが、逃げ道があるということを最初に教えておかなければ、追いつめられた鼠たちは命懸けで立ち向かってくるだろう。彼らは、北町奉行が自ら出向いて来た以上、まさか一人で来たとは思うまい。

だから、隙さえ与えれば、あっさり逃げる。

(大半の者は、あんなものだろう)

と確信しつつ、

「おとなしく縛につかねば、無事にはすまぬぞ」

自ら一歩、蔵の内へと足を踏み入れる。

中の暗さを確認しつつ、鯉口を切った。

「相手は一人だ。同時にかかればわけなくやれるぜッ」

奥のほうにいる者が、悪擦れのした言葉を放つと、久通の近くいる数人が忽ち刀を抜く。

どうやら蔵の中にいるのは、殆どが侍風体の者のようだった。

薄暗い中、灯りも点していないが、何故か上のほうが薄明るい。

はじめは、明かり取りから射し入る外光かとも思ったが、

（二階にも人がいるのだな）

ということを、久通は察した。

察した次の瞬間、刀を抜いた男が三人、ほぼ同時に斬りつけてくる。

蔵の中は広く、立ち上がった男たちが一方の壁に身を寄せると、斬り合うには充分な場所ができた。

「…………」

ものも言わずに抜刀すると、久通はその三人の鳩尾、左脇、左脾腹と、それぞれ瞬時に払って昏倒させる。勿論、棟を用いて――。

中途半端な腕前の者を無闇と手にかけたりはしない。それが久通の信念だ。が、中途半端でもなく、なまくらな腕でもない者――それ相応の使い手であれば話は別だ。

実力のある者は容赦なく斬り捨てる。

「一刀流の極意は、一瞬の切落にある。長々と打ち合ってはならぬ。斃さねばならぬ敵は、確実に一撃にて倒せ」

それが父の教えであった。

（残った者の中で、手強いのはせいぜい五、六人……あとは有象無象か、それ以下だ）

ということを、久通は漸次察していた。

「あがッ」

どす、
ばた、

「ふぐぅ」

「ごぎゃッ」

と、抜く手も見せぬ太刀捌きから、相次いで仲間が斬られ悶絶するのを見て、はじめから逃げ腰の者たちは益々恐れを成して後退る。

「ち、畜生ッ」

「死ねーッ」

やけっぱちの大上段から斬りかかる者共を、
バサッ、
ばさッ、

と再び棟で打ち据えながら、久通はふと一人の男に目を止めていた。

本気で戦う気のある者もない者も、一応刀を抜いて己の番を待つ中、柄に手をかけたまま未だ抜刀していない男が一人だけいる。

(さては、居合い使いか)

久通は察した。

居合い使いにとっては抜き打ちざまの一刀こそが必殺の一撃となる。それ故、容易には抜かない。

一度抜いてしまえば、普通の剣客同士の勝負と変わらなくなるからだ。

(居合いは面倒だな)

と思うと、久通の体は無意識にその男のほうへと向いた。

近くにいた有象無象を、乱暴に薙ぎ斬りにして道を空けさせ、怖れげもなくその男との間合いに入る——。

まさか、久通が自ら向かってくるとは思わず、どこかで隙を衝こうと狙っていたその男は明らかに慌てた。

「どぉおりゃあ〜ッ」

裂帛の気合とともにその男めがけて剣を振り下ろそうとすれば、当然男は腰を落として抜刀する。

男の指が鯉口を切るか切らぬか、というところで、だが久通は振り下ろしかけた刀を止め、近くにいた別の男の体をすかさず蹴った。

「ぐわッ」

不意に腹を蹴り上げられた男は、手もなく居合いの男のほうへと倒れ込む。既に半ば抜刀しかけていた男はそのことに驚き、抜刀しつつ、その切っ尖を辛うじて倒れ込んでくる男の体から逸らす。逸らすためには、腕を伸ばし、刀を抜ききらねばならなかった。

とそこへ、

「悪いな」

軽い足どりで近づいた久通が、易々とそいつの鳩尾へ突き入れている。

切落突（きりおとしつき）は、本来相手が退いて逃げようとするところを狙うものだが、この場合抜刀直後に体勢を崩した男の及び腰が、退くことと同じ意味に作用した。

「…………」

そして、居合いの男は、彼らの中でも相当な戦力に数えられていたのだろう。

その男の体が古びて軋む床の上にドッと倒れ込んだとき、残った者たちのあいだを、更なる動揺と戦慄が駆け抜けた。

「そ、そういえば、近頃北町奉行となった柳生ってのは、公方(くぼう)の剣術指南役だった柳生家の奴だって聞いたぜ」

「う、噂(うわさ)は、本当だったのか……」

後ろのほうで、怯えた呟きを漏らす者もある。

だがその次の瞬間、

「そ、そうだ！　人質がいるじゃねえか！」

またもや、悪擦れした口調の男が、ここぞとばかりに声を張りあげた。

「こっちには、人質がいるんだぜ！」

と言うが早いか、そいつは目の前の階(きざはし)に飛び付くと、するすると器用によじ登ってゆく。

が、登りきる直前に、

「うがはぁーッ」

突然背中から落下してきた。

階の上で待ち構えていた者によって突き落とされたに相違なかった。

「お奉行様ッ」

階上から、荒尾の声がする。

「黙っているのも芸がない故、二階の明かり取りより侵入いたしましたッ。人質も、無事にございますッ」

「おお、よくやった、荒尾。これで俺も、存分にこやつらを仕置きできる」

応えざま久通は真っ直ぐに斬り進んだ。

自分に向けられた真っ直ぐな殺気に向かって進めばよいだけのことだ。もとより、戦意のない者は相手にしない。

「………」

本気の者は、声もなく斬りつけてくる。

「手向かいする者には容赦せぬッ」

言いざま久通は剣を振り下ろす。

自分でも不思議なほどに、感覚が研ぎ澄まされている。

(長らく忘れていた心地だ)

それ故、敢えてひと呼吸休止して心気を整え、しかる後全身に怒りを漲(みなぎ)らせた。

「来いッ」

怒号を発すると、腕に覚えのある者たちは誘われるように斬りかかってくる。

ずぎゅッ、
ザッ、
ざっ、
ざん、
自由自在な久通の切っ尖は、容易くそいつらの急所を突き、或いは両断した。
それまで、魚の生臭さに満ちていた土蔵の中に、忽ち血の匂いが満ちていった。
久通が斬殺したのは居合いの男を含めても総勢六名ほどで、蔵の中には未だ十数余名の浪人者がいたが、彼らは血の匂いに怯え、皆、刀を捨てて投降した。
その中には、荒尾によって階の上から突き落とされた男も混じっていた。
その男が、一味の首領格であったことは、のちの取り調べによって判明することとなる。

四

「一連の火付けについては、概ね認めております」
罪人どもの取り調べを終えた和倉藤右衛門は久通にその旨を報告した。

「奴らが潜んでいた蔵の中からは、油や火薬など、火付けに使うとおぼしき道具も発見されましたから、最早言い逃れはできますまい」

「だが、誰に雇われたのか、雇い主の名は、頑として口を割らぬのであろう？」

「本当に、誰かに命じられてしたことなのでしょうか？」

不機嫌に問い返した久通に、和倉は臆さず問い返す。小面憎いほど、剛直な男だ。

「どういう意味だ？」

「そもそも、金で雇われた卑しき者たちでございます。もしお奉行様が疑われるとおり、何者かの命によって大それた火付けを行っていたとしますならば、捕らえられたいま、少しでも己の罪を軽くしようと、雇い主の名をあっさり吐くのではありますまいか」

「だが、一向に吐かぬというのは、つまり、雇い主の名を知らぬからだ、とそちは思うのか？」

「仰せのとおりでございます」

まともに久通の目を見返して言う和倉の表情には、最早久通に対する侮りは微塵もない。己の仕える奉行として相応しい人物と認め、充分に敬っている。その上での発言だということを、久通も無論わかっている。

「では、どうすればよい？」

それ故久通は、素直に和倉に問い返した。

「奴らに金を与えていた者を突き止めることは容易いかと存じます。……久右衛門町河岸の蔵の中には、火付けの道具とともに、さまざまな品が発見されました。奴らに与えられた報酬の金子（きんす）と思われる小判に、おそらく奴らがどさくさ紛れに火事場から持ち去ったと思われる高価な品々も、調べれば、何れ（いず）も盗品であることが判明いたします」

久通の信頼を承知した上で、和倉はあくまで淡々と言葉を継ぐ。

「それでなにがわかるのだ？」

「盗まれた品が、元々何処の家のものであったかわかれば、雇い主は、火をつけられた家の商売敵ということになります」

「それは……」

「御門が焼けたという事実がない以上、一味を、御門を焼いてご老中の失脚を望む謀叛の企みと結びつけることは難しいでしょう。それより、ご老中の出された倹約令が己の商売の邪魔になると考えたどこぞの不届きな商人めが雇い主ではないか、とそれがしは思います」

「まさかそなたは――」

どこぞの商人を一味の黒幕に仕立てて罰するつもりではあるまいな、と言いかける久通に、

「ですが、仮にその商人が何処の誰であるかを突き止めることができたとしても、捕らえることは難しいかと存じます」

みなまで言わせず、ひと息に和倉は述べた。

「何故だ?」

「証拠がございませぬ。罪人どもも、雇い主の名を頑として吐きませぬし……」

眉間を曇らせる和倉の表情から、久通は彼の言わんとすることを、察した。

(要するに、雇い主を突き止めることは、諦めろということか)

和倉の気持ちは充分に理解できた。

連日江戸市中で起こる無数の事件について、奉行所は探索し、取り調べ、刑罰を下さねばならない。いつまでも一つの事件に拘り、下手人を牢に留めたままにしておくと、牢屋敷も奉行所の仮牢も、罪人で溢れてしまうだろう。

「わかった。ならば、捕らえた罪人どもの吟味を急ぎ、早々に、御用部屋の同心たちに申し渡して刑を決めさせろ」

「はい」

和倉は恭しく拝命し、奉行の居間を出た。

(昼行灯ではなかったな)

ということを知り、内心深く嘆息すると同時に、歓んでもいる。

自ら罪人の捕縛に出向き、多数の敵を易々と倒してしまうような武闘派の町奉行は、おそらく講談の中の大岡越前守以外、存在し得ないだろう。だが、

「おじさんッ」

渡り廊下を曲がったところに待ち構えていた一之助から馴れ馴れしく呼びかけられ、甚だ閉口した。

「これ、一之助、ここは奉行所だぞ」

「お奉行様、やっぱり剣の達人だったでしょう?」

だが一之助は、和倉の困惑顔など意にも介さずその羽織の袖を捕らえ、いつもと同じ甘え口調で問うてくる。

「すごいなぁ。……火付け一味を、たったお一人で一網打尽になさったのですよ。そりゃあ、荒尾さんや、不肖拙者も同行させていただきましたが……」

「だからといって、こんな強引なやり方は感心せぬぞ。お前も、何故儂に知らせず、

お奉行様のお下知に従ったりしたのだ？」

「だって、それは、お奉行様のお下知ですから」

と至極当たり前のことを答えてから、

「それにしても、お奉行様が本当にお強いことはわかったのですが……」

ふと小首を傾げて口走る。

「普段は、全然強そうに見えないのに、不思議ですねぇ」

「ふふ……」

あまりに無知で無邪気な一之助の言葉に、和倉は思わず失笑した。

「相変わらず、わかっておらんな」

「え？」

「本当に強い者は、一見してそのようには見えぬ。日頃は強さを全く現さず、飄々としていながら、いざというとき、いきなり、ドン、と近づいて来る。来られたときには、最早逃れようがない。……それが達人というものだ」

和倉の言葉つきは寧ろ楽しげですらあった。

「お奉行様は、紛れもなく達人だ」

言い置いて、和倉は罪人たちの待つ吟味所へと向かう。

まだまだ、厳しく吟味しなければならぬ罪人が大勢いる。これまで、己の与えられた職務を忠実にこなし、何一つ恥じることなく勤めてきたつもりの和倉であったが、内心馬鹿にしていた俄奉行の久通を認めたときから、己の考え方も大きく変わった。

（厄介なお奉行が来たものだ）

しかし、それが満更いやな思いでもないことに、和倉は自分でも驚いていた。

五

「確かに、御門を焼こうと企む火付け一味のことは、少し前から御庭番が調べておった」

苦い顔つきで定信は言う。

そして、言葉を続ける。

「だが、御庭番にできるのは、せいぜい人伝ての噂を聞き込んでくる程度のことだ。本格的に調べさせるには、町奉行を巻き込むほか、ないではないか」

「そのために、それがしを強引に北町奉行に任じられましたのか」

「違う」

定信は一旦否定したが、

「いや、違わぬ」

すぐに肯定した。

「この件を、是非ともそちに調べさせたかったのだ」

「…………」

久通は無言で定信を見返した。

若々しく、覇気に満ちたその面をまともに見つめることは、久通にとっては少しく辛い。

血縁者であるため顔立ちがやや故人に似ており、久通に、どうしてもその方を思い出させてしまうのだ。

それ故、しばし沈黙してから、

「まさか、あの源助がご老中の配下であったとは夢にも思いませなんだ」

思い出したように久通が言うと、

「源助は御庭番だ」

事も無げに、定信は応えた。

もとより、久通にも既に察せられている。

あれほどの能力を持った者だ。不思議はない。寧ろ、そのことにいまのいままで気づかなかった己の不明を、久通は内心恥じていた。

「ですが、源助の屋台には、もうかれこれ十年近くも通っておりました。まさか、あの頃から……」

「ああ、そうだ。あの頃から、源助には、そちの身辺に目を光らせるよう命じていたのだ」

「え？」

定信の言葉に、久通はさすがに顔色を変える。

「何故、それがしの身辺を？」

「あの頃のそちは、なにもかもいやになっているようで……すべてに於いて投げやりで、自暴自棄で、とても放ってはおけなかった」

「…………」

「家基殿が亡くなられてからというもの、そちは、息はしているが死んでいるも同然だったではないか」

定信に断言されて、久通は容易く言葉を失う。

「家基殿が、鷹狩りの帰りに立ち寄られた東海寺で突然亡くなられた。剣術指南のそちは、狩りにまでは同行せぬ。同行できなかったことを悔い、家基殿の死の理由を疑ったのだろう」

「…………」

「それ故、ただ一人でその真相を調べようとしたのではないか？　それ故に、命を狙われたのだろう？」

「それも…ご存じだったのですか」

深く面を伏せたまま、苦しげな口調で久通は問い返す。

「暗殺者どもを、そちは難無く返り討ちにしたが、そのせいで、そちは一層、疑いを強くしたであろう。そちに刺客を送った者も、確実にそちを敵と見なした筈だ」

「ですが、刺客をさし向けられたのは、そのとき一度きりでございました」

「警戒したのだろう。迂闊に手出しして、藪蛇にならぬとも限らぬ。……そちの剣技はそれほど敵を怯えさせたのだ」

「いいえ、源助をそれがしの身辺にお遣わしになったご老中のことです。裏でこっそり、それがしの身をお護りくださったのでしょう」

「…………」

久通に容易く見透かされ、今度は定信が少しく黙る。

「ですが、それがしは、たかが一介の剣術指南役でございます」

自嘲を含んだ声音で久通は述べた。

「それがし如きがこの世から消えたとて、なにほどのことがございましょう」

「たわけめッ」

定信が不意に声を荒げて一喝した。

久通が思わず身を竦めたほどの剣幕である。

「だからお前は駄目なのだッ。一度は家基殿の死の真相を知ろうとしながら、何故簡単に諦めた？」

「…………」

「お前の、家基殿への思いは、所詮その程度のものなのか？」

答えぬ久通に、定信は更に厳しい言葉を投げつける。

「ご老中……」

久通はさすがに顔色を変えた。

「どうか、それ以上は……」

声を詰まらせながら、懸命に訴える。

「お許しを……」

「だが、家基殿の死の真相を知らねば、そちは一歩も前へ進めぬのではないのか？」

定信の口調から厳しさが消え、労るような優しさを帯びた。

「………」

「どうなのだ？」

「わかりません……」

久通は弱々しく口ごもる。

正直、久通にとってはすべてが青天の霹靂である。

天下の老中・松平定信が、十年近くも前から己に目をかけてくれていた、ということも、俄には信じ難い。

もう何年も、世捨て人のような気持ちで日々を過ごしてきた。

なにも求めず、なにも疑うことなく。そうやって、無為に時を過ごしていけたら、それでいいのだ、と思っていた。

家基公の突然の死は、この上なく悲しかったが、所詮己程度の者になにほどのことができようかと諦めた瞬間から、この世でなにかを為そうという気力も失せた。

(俺は…俺はいままで一体なにをしてきたのだ)

己の、長年に及ぶ無気力を充分に恥じたあとで、

「ですが、ご老中、何故あなた様が、それほどに、それがし如き者をお気にかけてくだされるのですか？」

久通は唐突に問い、

「惜しいからに決まっていよう」

定信は即答した。

少し間をおき、

「そちの才が惜しかったからだ」

今度は眉間を険しくしながらもう一度同じ意味の言葉を告げられると、

「…………」

なんと答えてよいかわからず、久通は無言で目を伏せた。

目を合わせれば即ち気まずくなりそうで、平伏したまま顔をあげられない。

（どうしよう……）

本気で困惑した。

「その才を、存分に発揮しようとは思わぬか、玄蕃？」

（それがしに、才などございません）

心の呟きは、あくまで己の心の中でだけだ。

「とりあえず、いましばらくは北町奉行を務めよ。よいな？」

「しかし、それがしはご老中が望まれるような働きができませなんだ。御門を焼こうとする者の黒幕を突き止めることが……」

「その儀はもうよい」

交々と言いかける久通の言葉をピシャリと撥ねつけ、

「金で雇った一味が容易く捕らえられたことで、町奉行恐るべし、と思い、当分のあいだは、計画を中止するであろう。余が望んだのも、先ずはそんなところだ」

「し、しかし……」

「そちなりのやり方で、町奉行の職を、全うせよ、玄蕃」

「…………」

「やってみて、どうしても己に向いていないと思うなら、余に泣きついてくればよい。そのときは、またなにか考えてやろう」

と言い放つなり、不意に立ち上がって退出する若い老中の後ろ姿を、半ば茫然と、久通は見送った。

（泣きつくことなど、できるわけがないではないか）

実際、泣きたいような気持ちになったが、さすがに堪えた。

定信が、本当に久通の才を認め、目をかけてくれているのかどうか、久通には容易に信じることができなかった。或いは、揶揄（からか）われているだけなのではないか。

（あれほど才走ったお方の周囲には、俺などとは比べものにならぬ俊才が大勢いる筈だ。そうした方々に飽きて、ときに毛並みの違った奇妙な猫も飼ってみたくなった。……そういうことだろう）

そう思うことで、久通は辛うじて己を納得させるのだった。

※　※　※

（まさか、雪之丞も、ご老中が俺のために遣わした間者（かんじゃ）ではないだろうな）

縁先の日だまりで思う存分体を伸ばした雪之丞の姿を、目を細めて眺めながら久通は思う。

思えば、刺客を返り討ちにして雪之丞を拾った雨の日から、久通は家基公への思いを無意識に己の外へ外へと遠ざけていった。遠ざけておかねば、到底生きていられなかったからだ。

だが、遠ざけたままでは、一歩も前に進めぬのではないか、と定信に指摘されたときから、確実に、久通の気持ちは変化していた。

「本当にこれでよかったのですか？」

つと、最前まで寝転がる久通の側にいて、執拗に耳許で述べられた半兵衛の繰り言が耳朶に甦る。

「本当にあれが仇の沼間井剛右衛門なのかどうか、よくわからない、と朔之進は申しておりましたぞ」

捕らえた一味の中で、沼間井と思われる男を朔之進に討たせ――殆ど助太刀の久通が討ったようなものなのだが――その首級とともに、朔之進を国許に帰した。

それが、半兵衛には不満だったらしい。

「本当の仇かどうかもわから者の首級など持たせても、朔之進の亡父上の魂は癒されませぬぞ」

確かに、朔之進は、「似ていることは似ているのですが、あの男が本当に沼間井かどうか、よくわかりません」と言った。重ねて、沼間井を見たのはほんの数えるほどであった故、身形が変わってしまうと自信がない、とも。

だが、仇を討たねば国許に戻れぬ身の上の者に仇を討たせるのは、町奉行として当然の務めだと久通は考えた。

そういう理由で江戸に出て来た者が、いつまでも居続けるのはよくないことだ。そういう者が住み着き、やがて食いつめて悪事を働くから、江戸市中には犯罪が絶えない。

それ故、

「肝心の朔が、よくわからぬ、と言うのだぞ。他の者に判別できるわけもなし。どうせ討たれたのは火付けの罪人だ。……あれでよいのだ。朔は、播州の地で瀬尾家を継ぎ、勘定方として生きるのだ。それが朔のさだめだ」

心を鬼にして、久通は言った。

「ですが、その瀬尾家こそが、悪の温床かもしれぬのですぞ。……沼間井は、或いは瀬尾家の者に雇われて、当主である朔之進の父上を殺したかもしれぬという疑いが浮上いたしたのですぞ。……当主を殺して瀬尾家の家督を奪おうという、憎むべき獅子身中の虫がおるところへ、あのようなか弱き朔之進を帰したら、果たしてどうなることか……」

「朔は、さほどにか弱き者ではない。もし仮に、身内に悪しきことを目論む者がおったとしても、己の裁量にて、どうにかするであろう。それに、朔の持参したる仇の首級は、なにより雄弁に、朔が瀬尾家の後嗣であることを証明してくれるだろう」

「ですが、殿――」

「よい加減に諦めろ、半兵衛。悪しき企みをいたした者は別として、国許の家族は、朔の帰りを待ち侘びていよう。血の繋がった家族から、朔を奪ってよい理由があるのか？」

久通の言葉に返す言葉のない半兵衛であった。俯き、少しく嗚咽を堪えてから、それでも、己を納得させることができなかったのだろう。

なお悪あがきの言葉を、半兵衛は吐いた。

「ですが、朔之進がおらねば、雪之丞が逃げたとき、誰が雪之丞を捜すのです」

「俺が自分で捜す」

声を震わせる半兵衛の訴えにも、久通は耳を貸さなかった。

確かに朔之進との別れは淋しいが、それほどに可愛い朔之進だからこそ、家族の許へ帰すべきなのだ。

（しかし、あんな奇妙な出会い方をした朔のほうが余程、ご老中の遣わした間者に思えたが……至極自然に出会った筈の源助が御庭番とは、わからぬものよの）

思わず苦笑しつつ、久通は無意識に目を閉じた。

ほぼ同じ瞬間、身を横たえて寛いだ久通の膝下に、音もなく歩み寄った雪之丞が体を丸めて擦り寄ったのだが、もとより、眠りに落ちた久通の知るところではない。

二見時代小説文庫

剣客奉行 柳生久通 獅子の目覚め

著者　藤水名子

発行所　株式会社 二見書房
東京都千代田区神田三崎町二-一八-一一
電話　〇三-三五一五-二三一一［営業］
　　　〇三-三五一五-二三一三［編集］
振替　〇〇一七〇-四-二六三九

印刷　株式会社 堀内印刷所
製本　株式会社 村上製本所

ISBN978-4-576-19118-8
https://www.futami.co.jp/

藤 水名子

隠密奉行 柘植長門守 シリーズ

完結

伊賀を継ぐ忍び奉行が、幕府にはびこる悪を
人知れず闇に葬る！

①隠密奉行 柘植長門守(つげながとのかみ) 松平定信の懐刀
②将軍家の姫
③大老の刺客
④薬込役の刃
⑤藩主謀殺

旗本三兄弟事件帖 完結

①闇公方(やみくぼう)の影
②徒目付(かちめつけ) 密命
③六十万石の罠

与力・仏の重蔵 完結

①与力・仏の重蔵 情けの剣
②密偵(いぬ)がいる
③奉行闇討ち
④修羅の剣
⑤鬼神の微笑

女剣士 美涼 完結

①枕橋の御前
②姫君ご乱行

牧 秀彦

評定所留役 秘録 シリーズ

①評定所留役 秘録 父鷹子鷹
②掌中の珠
③天領の夏蚕(かさん)

評定所は三奉行（町・勘定・寺社）がそれぞれ独自に裁断しえない案件を老中、大目付、目付と合議する幕府の最高裁判所。留役がその実務処理をした。結城新之助は鷹と謳われた父の後を継ぎ、留役となった。ある日、新之助に「貰い子殺し」に関する調べが下された。探っていくと五千石の大身旗本の影が浮かんできた。父、弟小次郎との父子鷹の探索が始まって……。